ヤクザの幹部をやめて、うどん店はじめました。

極道歴30年
中本サンのカタギ修行奮闘記

廣末登

新潮社

はじめに

筆者は福岡・博多を拠点として犯罪社会学を研究しています。「青少年の健全な社会化をサポートする家族・地域社会の整備」が中心テーマです。そこから派生して、反社会的勢力と言われている暴力団に向かってしまう若者の行動や心理、境遇、また逆に暴力団を辞めた人――暴力団離脱者の社会的な復帰についても、彼らから直接話を聞くという方法を用いた調査に基づいて研究しています。その成果が『ヤクザになる理由』（新潮新書）、『ヤクザと介護――暴力団離脱者たちの研究』（角川新書）に纏められています。

福岡県で暴力団排除条例（暴排条例）が制定された平成22年以降は、全国的に暴排の嵐が吹き荒れました。筆者は、暴力団組員のみならず、彼らの家族、そして、暴力団を辞めた者にまで社会権が制約される現実を見るにつけ、「こらあ、誰かがちゃんと研究せんといかんばい」と考えるようになりました。なぜなら、筆者が研究で知り合った暴力団離脱者――元ヤクザの人たち、その家族も、かなり窮屈な生活を余儀なくされていることを知ったからです。

さらに悪いことに、かつて調査した街角に戻ってみると、ヤクザの斜陽に反比例して、若いギャング――半グレや不良外国人が幅を利かせているのです。そうした人たちに、ヤクザを辞めて行き場を失い、同時に「組の掟」という鎖から解き放たれたアウトローが合流し、悪事を重ねています。

表面的には、暴排キャンペーンを声高に叫び、安心・安全な社会を標榜する日本社会ですが、私の眼には、ただ、ゴミをカーペットの下に掃き込んだような感じが否めません。これらは、一旦、飽和状態になると、間違いなくカーペットでは隠せなくなります。私は、イカモノ喰いという好奇心からではなく、社会学的な問題意識から、常にこのカーペットをメクってきました。改めて筆者の立ち位置について述べさせていただきます。

これまでヤクザ物ばかりを書いていますが、何も、危機感を煽っているわけではありません。また、決してそうした社会に生きる方々を肯定し、賛美しているわけでもないのです。ただ、問題意識として、「健全な社会」なくして、安心・安全な社会の実現などは画餅に過ぎないことを強く主張したいのです。このことは、これまでの著書においても、必ず言及してきました。

「健全な社会」とは一体全体何かというと、筆者が考えるには、憲法に規定された、権利が主張でき、義務が履行される社会です。そしてそれは、いかなる立場の方であっても例外が生じてはいけません。

日本国憲法第三章「国民の権利及び義務」第一三条では、「すべて国民は、個人として尊重される。生命、自由及び幸福追求に対する国民の権利については……最大の尊重を必要とする」とあります。いわゆる幸福追求権について述べた項目です。

ところが、暴排条例は自治体が定める規則ですが、その中に暴力団を離脱した者も暴力団員等とみなし、銀行口座を作らせないなどの規制を設ける源となった「元暴5年条項」といわれるものがあるのです。

法律ではない下位の条例が、憲法に明文化された権利を侵害していないでしょうか？

銀行口座を作れないと、就職もできません。就職できないと、「健康で文化的な最低限度の生活」（憲法第二五条）が営めませんよね。最悪の場合、自分が食うため、あるいは家族を食わせるために、仕方なく悪いことをしてでもカネを得ようとするかもしれません。

警察庁組織犯罪対策部暴力団対策課が、平成29年3月24日に発表した数字を見ると、平成22年度から平成28年度までで、暴力追放運動推進センターなどの社会復帰対策協議会の支援を受けて暴力団を離脱した者のうち、就職した者は2％余りとあります。残りの方はどうしたのでしょうか？

筆者は暴力団離脱者研究を始めた平成26年以降、その一部がアウトローとなって社会に牙をむいている現場を取材してきました。そして、未来に希望を失った人たちの怨嗟の声を聞いてきたのです。そこには、ひたすら、「健全」という二文字が欠落しているのではないか……と、考えるようになりました。安心・安全な社会の実現は、真の「健全な社会」という確固たる地盤がないと、砂上の楼閣に過ぎなくなります。

しかし、本書を読んでいただくと、警察主導の暴排運動実験地と言われた福岡県の街角で起きた奇跡――と言いましょうか、かつてはアタリマエの光景だった村社会の助け合いのような現象を目の当たりにするはずです。

昨今の都市近隣では、隣の住民は何する人ぞ……というような風潮、挨拶すらしない希薄な人間関係が普通にまかり通っており、「アタリマエ」が通用しなくなっています。他者に無関心だから、孤独死や児童への虐待死、執拗なイジメなどという都市特有の病理も出てきているのではないでしょうか。こうした人間関係が、本当に望ましいものでしょうか。健全な社会の在り方といえるでしょうか。

北九州・小倉の街角で、筆者は幸運にも、一人の暴力団離脱者を受け入れ、共存しているという実例に出会いました。そこで行われているアタリマエの展開を、中本氏という暴力団離脱者の起業を素材として、彼の半生も含めて書き留めようと思ったのです。

発端は平成29年の5月。NHK福岡放送局のディレクターをしていた島津理人さんから連絡が入り、NHK総合の「ノーナレ」という番組において、北九州市内で暴力団離脱者がうどん店を開業するドキュメンタリー（「元ヤクザ　うどん店はじめます」）制作を進めており、番組内で筆者のコメントが欲しいとの要請を受けました。

　聞けば、その離脱者の方は、工藤會の元幹部でしかも獄中離脱（勾留・服役中に離脱届を提出・受理）。その上、まさに工藤會のお膝元・小倉北区京町で店を開店するというのです。福岡市長浜出身（街っ子）で、子どもの頃から「その筋」の人や話を見聞きし、長じて小倉にある北九州市立大学で学部、修士、博士課程のおよそ10年間在籍していた経験のある筆者からしますと、にわかに信じがたい話です。

　読者の皆さんも北九州地域における工藤會については、ニュース報道などを通じてご存知の方も多いと思います。本文中で詳細は触れていきますが、暴力団対策法改正（平成24年）後、工藤會は日本で唯一「特定危険指定暴力団」とされた組織です（有名な山口組などは「指定暴力団」）。

　炭鉱と製鉄を中心に爆発的に栄えた北九州地域は、裏社会の秩序を保つ意味でヤクザ、親分・子分組織とは切っても切れない関係にありました（【北九州とヤクザ】で詳述します）。「工藤會」と称される組織は工藤玄治を初代組長として興った工藤組（会）から工藤連合草野一家（二代目草野高明）、工藤會（三代目溝下秀男）、四代目工藤會（四代目野村悟）という流れで現在（五代目田上不美夫）に至ります。

　暴排条例が制定され、社会は反社会的勢力排除へ向けて動き、組織への締め付けが厳しくなりました。それに反発するように一般人、いわゆるカタギを標的にして暴力行為、襲撃・攻撃を繰り返し、前述の改正暴対法によって「特定危険指定」となった工藤會は、その凶暴さ、破壊的実行力で地元だけでなく全国、さらに世界からも「最も凶悪な暴力団」と見なされてきたのです。

中本氏はその工藤會の元幹部です（三代目溝下秀男に抜擢されて警護兼運転手を長く務めたことは、後にご本人から聞くことになります）。離脱は、命がけやったろうな。その上、よく、あんな場所に店を構えたもんや。大丈夫っちゃろうか……筆者の好奇心は、とても刺激されました。

もっとも、現在の工藤會を構成するトップ3、すなわち、野村悟総裁、田上不美夫会長、菊池啓吾理事長が逮捕（平成26年）、収監されていなかったとしたら、さすがに怖いもの知らずの筆者も、この本の取材には二の足を踏んだと思います。それほど、工藤會という組織は、他所者にとって近寄りがたい存在だったのです。

中本さんのような暴力団離脱者の前に立ちはだかる壁――前述の「元暴5年条項（規定）」についてご存知の方はそれほど多くないでしょう。報道すべきマスコミ関係でもこの内容については知らないという方が結構居られます。

平成4年の暴対法施行後、福岡県が全国に先駆けて暴排条例を制定しました。この条例が対象とする「暴力団」の範囲では「暴力団員でなくなった日から5年を経過しない者」（元暴力団員＝元暴）も、「暴力団員等」として含みます。その後、全国各地で制定された暴排条例も、全て元暴も暴力団員と同等の排除対象としています。

その結果、銀行口座が作れない、保険に入れない、インフラ（電気・水道・ガスなど）以外の契約が結べない（賃貸、携帯電話などの契約ができない）などの制約が、暴力団を離脱した以降も続くことになります。

加えて、5年間を過ぎたら、それらの契約が可能になるか……というと、警察政策フォーラム（平成28年10月5日　東京・グランドアーク半蔵門にて開催）の会場において、「5年を過ぎたら、口座が作れるのか」という朝日新聞記者の質問に対し、警察側は「5年以降は、各団体の判断にゆだねている」という趣旨の回答を行いました。つまり、「その保証はしない」ということです。これでは、火をつけた警察として、余りに無責任ではないでしょうか。

この条項が離脱者の社会復帰を阻む大きな一因となり、口座がない＝給与振り込みを受けられない・送金などができない、賃貸契約ができない＝居住所が定まらない・事業を始めたくても店舗が借りられない……。さらに「元ヤクザ」という経歴が就労先や機会を狭め、正規の収入を得ることができずに再度、アウトローとして悪の道に戻ってしまう離脱者は、筆者が見聞きするだけでも相当数に上ります。そしてこれは全国的な傾向なのです。

本書に登場する中本さんも、テナントビルの1階でうどん店を営業していますが、取引に際して口座を持ちませんから、常に手提げ金庫を持ち歩いています。火災保険に入れませんから、万一、ボヤを出したら近隣のお店に迷惑をかけます。そのことを、本人はとても心配しているのです。

さて、中本さんは、身長178センチほどで、体型はやせ型です。かつての彼を知る福岡県警のOBは、「昔からヤクザっぽくなかった」と言います。しかし、その眼光はまだ現役時代の鋭さが残っており、話をする時は真っすぐに相手の目を見て話します。顔で笑っても目が笑わないと言えば、分かりやすいかもしれません。

服装はいわゆるヤクザルックではなく、なかなかオシャレです。一般に北九州で目にする服装は福岡市内のキレイ目系ファッションとは異なり、どことなく関西の流れを感じさせるものですが、彼の着るモノに関するセンスからは東京のストリート系ファッションを想起します。

小倉の人は「ちゃ」「ち」が語尾に付く話し方をします。たとえば「そうっちゃ（そうなんだよ）」「なんち（何？）」など、同じ福岡県でも福岡市内とはかなり言葉が違います。こうした小倉独特の方言というものに親しんできたつもりの筆者ですが、北九州の工藤會に所属していたと聞けば小倉弁もディープで、さぞかしインタビューには言葉の波長の問題で骨が折れるやろうと思っていたので、中本さんが流ちょうな標準語を使うことに驚きを隠せませんでした。

「なぜ、訛っとらんとですか」と尋ねますと、「組にいる間に、他所に出しても恥ずかしくないように所作（ヤクザの礼儀作法）の教育を受けました。言葉遣いも、その時、直されましたねえ。特に溝下（秀男）さんの下にいたとき、厳しくやられましたよ」と回想します。ですから、コテコテの小倉弁を予想していた筆者の期待は、裏切られることとなったのです。

ちなみに筑豊（福岡県嘉穂郡）で生まれ育った溝下三代目（のち四代目総裁並びに同代名誉顧問）も標準語だったそうです。「宮崎（学）さんのインタビュー本を読んだら、かなりコテコテの小倉弁使ってましたが」と問う筆者に、中本さんは「いえね、それは雰囲気出すためのサービスやと思いますよ。普段は標準語でしたから」と言っていました。

本書の計画を話すと、中本さんは一抹の不安があったようで、初めは難色を示していました。筆者も「そりゃそうだ、工藤會やけん仕方ないな」と思ったものです。日本一どう猛で鳴らした工藤會に所属していた人、それもずっと枝（會を構成する傘下の組織）の幹部だった人が、容易に喋ってくれるはずもないというのが、地元を知る者には一般的な感覚です。

ところが、何度か中本さんが営業しているうどん屋さんを訪ね、話を重ねる内に、信頼関係が徐々にできてきました。筆者が単に物好きなジャーナリスト根性だけで接近しているのではないと思われたのかもしれません（NHKの放送があってから、連日、多くのマスコミが取材に押し寄せましたが、中本さんは全てお断りされていました）。いずれにせよ、何らかの心境の変化があったのでしょう、「私の人生で社会の役に立つなら、遠慮なく書いてください」と言ってくれました。

念のため、「そりゃあ、私としては嬉しいですが、小倉の京町で商売しよんしゃあ（されている）とですよ、あっちの方（工藤會）は、大丈夫ですかねえ」という筆者の問いに、中本さんは「私は組織のために30年間、身体かけて一生懸命働いてきています。自分の人生くらい話しても、誰も何も言わないでしょう」と、笑顔で応じてくれました。

14年間、ヤクザの研究一本でやってきて、マスコミから「暴力団博士」と異名を頂戴した筆者が見て、わが国の暴力団政策は、大きなターニングポイントを迎えつつあります。そうした中、最凶暴力団体「工藤會」離脱者の内情は、溝下三代目から野村四代目に代替わりして以来、今日までベールに包まれていました（筆者の耳にも断片的な情報は入ってきますが、こと工藤會に関しては、意識して聞かなかったことにしていました）。そのような状況でカタギ転向した中本さんのお話は、きっと社会の役に立つと考えます。

現在、お店は午前10時開店で、うどん麵が無くなり次第終了。実際は、朝6時から仕込みに入り、片付けが終わるのは大体午後4時過ぎ。お休みは火曜日の週1日のみ。店先と向こう三軒両隣の掃き掃除は欠かさず、商店街の頼まれごとや地域のイベントの手伝い・出店も積極的に協力する多忙な毎日の合間に、閉店後の店で、あるいは、近隣の飲食店などで語ってくれた貴重なお話です。

平成30年4月　廣末　登

ヤクザの幹部をやめて、うどん店はじめました。
極道歴30年中本サンのカタギ修行奮闘記●目次

はじめに　3

第一章　グレーからブラックへの軌跡　23
溝下さんとの初対面
小倉を離れて大分で暴走族結成
だんだんとグレーな仕事に
21歳、北九州で店を持つ
自らフロント企業へ飛び込む
気がつけば組長秘書

第二章　溝下教育に学ぶ　48
極道修行、一から学び直し
地獄の2カ月から側近に抜擢へ
湯布院別荘当番、何でも屋は大忙し
溝下アニマルランドのゆかいな仲間たち
不良外国人排除作戦
Gマークで務めた熊本LB級（長期累犯）刑務所
佐世保刑務所へ
満期出所後に待っていたリアル

第三章　北方新悲劇――親はなくても悪ガキは育つ　88
小学校低学年から喧嘩上等
親の失踪と希薄な親戚関係
県外の親戚をたらい回し
そして、たらい回しは続く
再び父母の元、小倉へ
住んどるところが宝の山やったです
ディスコ・シンナー・自動車窃盗・無免許運転
短い高校生活にさようなら

第四章　離脱　115
絶滅危惧種になった古い刑事と古いヤクザ
ヤクザとの訣別を決めた瞬間
ケジメとしての赤落ち
刑務所内暴力団離脱指導とまさかの仮釈
出迎えのない出所とシャバの荒波
ベトナムでビジネス構想を練る
信用できないのは同国人と知る

第五章　元ヤクザ、うどん屋始めます。　146
マイナスからのスタート
運命の6月7日——緊張で迎えたオープン
NHKノーナレ「元ヤクザ　うどん店はじめます」
トンガッた味から優しい味へ
社会はそんなに甘くはない
相談料は一杯のうどん

第六章　元ヤクザを受け入れた商店街の人たち　171
離脱後は一定の「地ならし」期間を
世の中のルールを謙虚に学んで欲しい
社会的弱者の支えだった
一般人を傷つけだした時が分かれ道
更生の努力を受け入れることが再犯防止に
商店街の葛藤と現在

【北九州とヤクザ】
①工藤會の発足　44

②名親分の条件　83
③川筋気質——危険を買ってくれる男たち　109
④工藤會盛衰　139

結びにかえて　191

カバー・本文写真　青木　登（新潮社写真部）
装幀　新潮社装幀室

ヤクザの幹部をやめて、うどん店はじめました。

極道歴30年中本サンのカタギ修行奮闘記

第一章　グレーからブラックへの軌跡

溝下さんとの初対面

どこからお話ししますか。初めて溝下さん（溝下秀男。工藤會会長、四代目工藤會総裁）に遭遇したあたりからにしますか。

高校に入学して1カ月でタバコが見つかり、自宅謹慎処分。その最中に暇なもんだからオヤジの自動車を乗り回して遊んでいて、無免許でつかまりました。そのまま退学処分。短い高校生活が終わりました。

退学になってブラブラしていましたが、何かせんといかんいう気がして、友人が働いていた理容室に入りました。当時は、社会に出ることへの憧れみたいなものがあったし、この理容室は寮があったから便利でした。場所も小倉の井筒屋（百貨店）前で、立地も最高やったわけです。

とは言うても、この理容室は3カ月くらいしか勤めていません。というのも、1カ月の給与が2〜3万円なんですよ。毎日、朝から晩までタオル洗いや掃除という坊主仕事は仕方無いにしても、この給与は安すぎでしたね。いずれお話ししますが、高校入るまでもヤンチャで「中学の頃からカネ持っていたオレたちが、こんなカネじゃあ生きていけんちゃ」と思ったものです。

理容室のあった場所も街のど真ん中でしょう？　若い時分ですから格好もつけたい。焼き鳥屋に行って、カラオケ行くカネもないわけですから、モチベーション上がんないわけですよ。「おれらと同年代のヤツと同じくらいには遊びたかった。世間のいう仕事は経験できたものの、カネは欲しいし、オシャレもしたい。ここじゃあイカン」というのが率直な感想やったです。

辞めるきっかけは、格好悪い話ですが、友人とシンナーやっていて、朝、起きれんかった。そのまま、ブッチして（さぼって）行かなかったというわけです。ま、自然な流れですけどね。

ただ、この理容室時代に、後の私の人生を変える出会いがあったんです。当時は寮に住んでいて、この寮には風呂がないので、毎日、仕事が終わると「中銀通り」にあった銭湯に皆で行くわけです。すると、だいたいモンモン（彫り物）丸出しにした、カラフルなヤクザの人らが湯船に浸かっている光景に遭遇します。

そんな光景は、当時は日常的なものやったですよ。昔、小倉ではよう言われていました――「イキな兄ちゃん筋彫り（墨の線彫り）入れて、カネが無いのか、痛いのか」言うてですね。特に私の場合は、子どもの頃から彫り物なんかは朝飯前で見ています。何とも無かったです。

それでも、ある日、いつものように銭湯に行ったら、なんか空気が違うわけです。どうも、その原因は、中に居る3人のせいやと気づきました。大きい人2人が、小さい人をガードするような感じでした。この小さい人の眼光がタダモノじゃない。私らガキでも、この人が「番長や」と気づいたくらいです。

恐る恐る風呂に浸かって、早々に上がって身体拭きよったらですね、小さい人が、「おい、兄ちゃんら、好きなモン飲みない」って言うやないですか。「あ、はい。ありがとうございます」言うて、明治のコーヒー牛乳を飲んだことは覚えています。「ごちそうさまでした」と言いおいて、会計しに番台に行きますと、そこに座っとるオバチャンが、脱衣所の方を見ながら「あの人らが払ってくれとるよ」と言うんですよ。私らも3人で、脱衣所に向いて頭下げて帰って来ました。この時ですね、ガキながら「本物」に憧れを持ったのは。

当時は、この小さい人が溝下さんとは知らんかったです。ずいぶん経ってからあの人だったのかと気づきました。その頃、草野一家（のちに工藤會と連合）の本部が小倉駅の南側にあったからよく来ていたとでしょう。溝下さんは、草野一家の若頭しよった時期と思います。

これは後日談ですが、私が溝下さん（当時、四代目工藤會総裁）の運転手してた時——運転手いうても、それはそれは長年の辛い組事務所当番を経験して、やっとなれるポジションです。この運転手は、言うたら当番の責任者、上の地位なんですね。でも、なかなか溝下さんと二人きりにはなれない。事務的にカネの出入りの報告をしたり、若い者と一緒に、庭の掃除もしていましたし。

それがある時、二人になるチャンスがあったから、「総裁、私が最初に総裁とお会いしたのは、中銀通りの銭湯でした。あん時、お世話になりました」と切り出しますと、「フン！」と鼻を鳴らし「知るか」と返されました。しかし、その時、私は「総裁、本当は覚えているな」と思いました。

覚えとっても、溝下さんクラスの親分がですよ、そこらのオッサンみたいに「あー、君がそうやったか。大きゅうなった、懐かしいねえ」とか言わんでしょう。溝下さんには側で長く仕えていたので、何となく肌で伝わってきたですね。嬉しかったですよ。

小倉を離れて大分で暴走族結成

理容室を辞めた当時、私は16歳くらいでした。とりあえず、３カ月前まで住んでいた、親が勤める運送会社の家族寮に帰りました。荷物とかは家を出た時そのままでしたから、特に不自由はなかったと記憶しています。そしたら、すぐにショッキングなことが起こったとです。親父が転勤になり、一家で大分に移らないかんようになったんですよ。私が一人残って寮に住むわけにもいきませんし、未成年の悲しさ、親に付いて行くしかない。

諦めて大分の新居に向かったら、これがまたド田舎の高城というところでした。平屋の狭い一軒家ですから、住んでいても息苦しい。だから、小倉に遊びに行っては帰らんという生活の繰り返しでしたね。

そうこうしている内に、近所のオッサンが塗装業をしていて、「うちで働かないか」ということになりました。私からしたら「何、塗装屋！　こら、カネもらえて、シンナー手に入るちゃないか。一石二鳥ばい」でしたよ。しばらくはシンナー漬けでしたね。仕事は行ったり行かなかったりでしたが、日当は４０００円くらい、月にして10万円ほどはもらっていました。理容室よりもずっとイイ給料でしたよ。この仕事は1年くらい続けましたし、社長にはそれほど迷惑かけていないと思います。

塗装屋で働いている間、近所に、特に仲の良い友人が居りませんでした。大分に来て初めてできた友人は、17歳の12月くらいやったと思いますが、自動車教習所で会ったヤツでした。

教習所の待合室に居るヤンキーが、とにかくダサかった。当時の私はオシャレ命だから、「ディマジオ」や「ブラックピア」でキメて、トンガリブーツちゅうスタイルです。だから、田舎のヤンキーからしたら珍しい存在やったみたいです。さらに、私が無意識に悪のオーラを発していたらしく、喧嘩は売ってこない。そこで出会った新しい友人から「暴走族のチーム入らんね」と勧誘され、段々と仲良くなっていきました。

車の免許は、学科も実技も一発で合格したので、塗装屋を辞め、20台くらいの暴走族を結成してしばらく遊びました。私は、バイクじゃなくてケンメリ（日産スカイライン四代目モデルC110型）の中古を30万円くらいで買って乗り回していました。これはすぐに壊れたので、次は少し新しいジャパン（日産スカイライン五代目モデルC210型）を購入し、ゴールデン・ウイークや正月にはバイクと車を100台くらい連ねて熊本辺りまで遠征しよったですね。車は、頻繁に乗り替えていましたから、7台くらいは替わったと思います。もう、この頃はシンナーは卒業していました。

暴走族って車屋好きやないですか。私も例に漏れず、18歳で車の部品屋に正社員として就職しました。給料は12万円くらいでしたか……族（暴走族）しながらですから、車好きの私としては楽しかった。大分には観光地が多く、ドライブコースは結構あったし、何より、小倉の人間は女の子にモテるんですよ。彼女には不自由せんかったですね。

　そうこうしている内に、暴走族のチームの先輩から新しい仕事を紹介してもらい、4tトラックももらいました。19歳の時に車の部品屋を辞めて、いうたら自営業を始めたわけです。紹介された仕事とは、「荒城の月」で有名な竹田市、そこで高原野菜を作っている農家から、九州各県の小売店に商品を運ぶ契約業務です。たとえば、熊本の「ニコニコ堂」や福岡の「マルショク」などの小売店や九州一円の市場に、大分野菜を届ける仕事です。

　この仕事は、運転好きな私の性に合ってた気がします。あちこち行きました。稼ぎも月30万円くらいになっていましたから、これまでの仕事のように給料への文句はなかったです。

　ところが、悲しい出来事が起きて免許が取り消されてしまったとですよ。うっかりして乗用車のカマを掘って（追突して）しまったんです。人身事故になり、即免許取り消し。暴走族している時にかなり点数が減っていましたから、ひとたまりも無かったです。かなり凹みましたね。当時、サラリーマンで月給30万くれるところって、そうそう無かったでしょう？　これから、どげんしょうかいな……将来への不安を抱えて、とりあえず単身、古巣の小倉に向かったわけです。

だんだんとグレーな仕事に

20歳を過ぎた時分ですが、小倉に来て、少しの間は知り合いのところに転がり込んで旧交を温めたりしながらプラプラしていました。そんな折、地元の友人が、組（ヤクザ）と付き合いのある人を紹介してくれたとです。

場所は、小倉北区の街中にある喫茶店やったですね。時代的には、ちょうどバブルが弾ける前。その人から「福岡市でカネになる話がある。お前は若いし、将来性もあるけんやってみんか」と言われ、その気になり、すぐに福岡市に発ちました。

仕事はちゃんとした不動産屋の会社で、住むところも用意してくれました。会社は福岡市の中心部にあるS社。用意された家は、そこから歩いて10分くらいの場所にありました。どちらも立地が良く便利やったですね。

このS社は、上層部が関西のKという会社とつながりがありました。Kは、いうたらヤクザのフロント企業です。しかし、相手にするのは一般のお客ですから、私のようなのが接客をするわけです。でも、思い出してみると、ネクタイ締めての接客も楽しかったですね。とりあえず、接客マニュアルのひな型を覚えて、あとはアドリブ対応。マジメにしましたから、結構イイところまで行きましたよ。ただ、残念なことに免許が無いから、物件の案内は困りました。同僚にお願いせないかんですから。これは唯一、不自由したことです。

不動産業してたら、段々と土地の売買とかにも興味が出てくるわけです。再び、S社を紹介してくれた人に相談したところ、「(福岡市)中央区には、Nちゅう不動産屋もあるぞ。そっちに行ってみるか」と言われたので、早々に履歴書を用意して面接に行きました。免許無いのによく雇ったなと思いますが、採用になりました。

当時、土地の売買はアングラ的でした。ヤクザのブローカーが平然と入り込んでいましたし、堂々と土地の売買していました。会社に出入りする人らも、一目で筋者とわかる強面の面々やったですね。

その頃覚えたシノギ(資金獲得活動)がトイチ(10日で1割の金利)の闇金でした。「こら、儲かるばい」と思い、不動産業の傍ら、自分で営業して始めました。営業とは、(福岡)競艇場あたりのタクシーのワイパーに電話番号が書いてある名刺サイズの営業カードを挟んでおく。すると、放っておいても電話がかかってくるわけです。私は、当時の最新の携帯電話(トランシーバーみたいでしたが)を持っていましたから、便利やったですよ。元金は、知り合いのブローカーに金主になってもらい回してもらいました。利益の三分、四分を納めたら、あとは自分の儲けになるオイシイ仕事やったです。

この闇金のお陰で、当時、いい時には、本業と併せた手取りが月70~80万円にはなっていました。稼いだカネで大いに遊びましたよ。親不孝通りの「マリアクラブ」(ディスコ)とか通いましたね。この時代は、ユーロビート全盛期やったんじゃないですか。

家も、（福岡市中央区）草香江の新しいマンションに引っ越し、一人暮らしを始めました。私は、ガキの頃から一人が良かった。どこ行っても一人でやっていける自信がありました。だから、土地売買の不動産屋Nに入って1年もしたら、「金融が儲かるばい。これ一本で行けるちゃないか」と考えて一本立ちしたわけです。もちろん、金融はキレイな仕事やないですよ。返済が滞ったら、探しにも行きましたし、追い込み（取り立て）もかけました。福岡のこの辺りはヤクザがゴロゴロしていましたが、一回もモメてませんね。おそらく世話になっていた金主の顔がモノを言ったんやないかと思います。彼らからは、可愛がってもらいましたから。

21歳、北九州で店を持つ

福岡市で不動産やら闇金やらしている内に、300万円ほどのカネが貯まっていましたから、「そろそろ独立して、地元で一人でやってみたい」と考えるようになりました。まあ、今考えたら若気の至りですが、福岡で何かと上手く商えたので、イケる気がしました。

もっとも、北九州に帰って金貸しすることが無理ということは、ガキながら知っていました。北九（州）でそうしたシノギをするには、どこかの組織に面倒みてもらわないけんのです。それも、嫌やったですから、カタギでできる商売を考えました。結局、自分が客として度々利用した、馴染みのある水商売をすることにしました。

不動産会社を紹介してもらったり何かとお世話になった北九州のヤクザがらみの人に、「お世話になりました。そろそろ独立してやってみたいとですが」という相談をしたところ、「おお、よかよ。あんた、若いっちゃけん頑張り」と、快諾してくれた。

その返事をもらった数日後には、早速、小倉の繁華街・紺屋町の雑居ビルの物件を押さえました。物件の賃貸契約や、人を募集するという手続きは、不動産屋で学んでいましたから、思ったほど大変ではなかったと記憶します。

店は夜の9時に開店、朝まで営業していました。当時、北九州市の条例では、深夜以降の営業は禁止されていましたが、そうはいってもその頃はまだそれほど厳しくありませんでした。お客のメイン層が水商売の女性で、彼女たちがアフターで利用していたこともあり、遅めの時間が盛況でした。

スタッフは私以外に男性が2人いました。彼らは求人誌の募集で入店した子たちで、同年輩の人やったですね。開店当初は、私の地元の友人も度々来てくれて、かなり繁盛したものです。こっちも若い世代ですから、女の子の店に行き、彼女達も来てくれる。いわば、持ちつ持たれつの関係やったといえます。

2カ月くらいしてからと記憶していますが、女の子に付いてくるお客の中には、「この店、誰が面倒みとるんや」とか尋ねる人が出てきました。はじめは、聞き流していたのですが、その内、小倉の有名どころ（のヤクザ）も店に顔を出すようになってきました。彼らは「小倉で商売するなら、一応、カネ払ってもらわないかん」と言います。

こっちも、小倉の夜の商売で飲食店、それも男がやっている店ならミカジメ（ヤクザが飲食店などから取る用心棒代）要求が来ることは覚悟していました。しかし、丁寧にお断りしていました。月3万が惜しいというんやなく、ヤクザの力ずくが嫌いやったからです。また、この人が言うなら、この人のためにならという人とも出会わなかった。だから、払わなかった。

ただ、そうはいっても、段々と肌感覚でアブナイと感じるようになったことは事実です。街中で商売しているので、あることないこと言われたり、無言の圧力を意識しました。

自らフロント企業へ飛び込む

こうした無言の圧力は、収まるどころかひどくなる一方で段々とウンザリしてきました。そこで、人に商売の上前ハネられるぐらいなら、自分でハネたらいいやんか――と、思うようになりました。

力に屈したくないけど、一人じゃ対抗できない。それなら、いっそ自分から力のある側に近づいてやろうと考え、知人を介して、八幡の組織でフロント企業などを持っていた A 氏を紹介してもらいました。この A 氏は、後に工藤連合草野一家時代に（傘下の）津川組が木村組に改名した後、本部長になる人です。

このフロント企業は、津川組の枝の組が管理していました。業務は金貸しです。ここは、なんだか結構、居心地がよかったですね。だから、私も出入りしだしたとです。当時は22〜23歳くらいでしたか。このフロント企業に出入りしだしてから、いわゆる本物と言われる人（ヤクザ）たちとツルむようになりました。

当時を思い出すと、ガキの頃に見ていたチンピラの世界ではなく、本物を見て「カッコイイ」と思っていました。リアルな本物の極道の世界なんですよ。怖い中にも規律があり、男らしさや強さが垣間見れるわけです。事務所の車もBM（W）やアメ車、ヤクザらしい車が並んどりました。運転したかったですが、こっちは免許取り消し中だったから、悔しい思いしました。

フロント企業では貸付、取り立てを専門にやっていました。まあ、これは福岡時代に、自分のシノギにしていましたから、すぐに慣れました。ただ、シノギの場所は八幡・黒崎限定。当時の北九州一帯は工藤会と草野一家の縄張りでした。フロントの親の津川組はまだ工藤会傘下ではなく、対抗しながら八幡・黒崎だけを縄張りとして活動していたからです。

津川組という組織は当時はバリバリの武闘派やったです。だから、殺しの軍団とも言われ、近隣では恐れられて、下関の合田《ごうだ》一家と縁がありました。同じく、八幡東区に本拠を置く田口組（後に川原組に改称）も合田一家と盃をしていましたので、八幡と黒崎は津川と田口の共同のシマ（縄張り）として活動できたとですね。

　限られた地域といえばそうですが、当時の八幡・黒崎といえば、とても活気があった。八幡製鉄所もあれば、黒崎播磨もあり、安川電機もあり、と産業も盛んやったですから、街にも人が溢れていた。地域限定のシマでも、結構なシノギになったもんです。もっとも、ウチの組は工藤会とは利権でもめごとはしょっちゅうやったですが、当時の私は若過ぎて、招集かけられても、最前線に立つことはなかったですがね。

　当時、フロントのA氏からは津川の本部事務所にもちょくちょく連れて行ってもらいました。あと、夜の飲みの席にも同席させてもらい、上の人たちに紹介されるわけです。こうした小さな思い出を重ねている内に、抗争（工藤会対草野一家。昭和55年～）が絶えなかった小倉の銃声も途絶え、工藤連合草野一家が発足（昭和62年）。その時に、津川組も上層部の話し合いがあり、その後、この連合に加わることになりました。

　連合入りする際、津川組は、かつての重鎮たち、いわゆる昔の古参の幹部（武闘派）たちが多数引退して、新体制になりました。組織の人事刷新です。古参の幹部たちは、カタギ転向したり、他の組織に移ったりしたようです。新人事では、代が替って木村（博）親分が就任し、以降、一時期は木村組と改名されました。A氏は本部長になりました。

当時のことは、事務所で「盃なおし」（新たな親・兄弟盃を交わす儀式）などの手伝いをしたことは覚えていますが、私自身が盃をもらうことはしませんでした。ちなみに、A氏は連合入りして直ぐに本部長席を降り、カタギ転向しました。これは、役職が付くよりフロントの方が動きやすい（シノギしやすい）という理由だったようです。私自身は、A氏のフロントではなく、木村組でやっていくことにしました。当時の木村組は若い衆30名程度の規模やったです。この時、私も若い衆の一人やったですが、なぜか盃はしてなかったと記憶しています。

気がつけば組長秘書

25歳の頃ですが、事務所当番とか、組織に身体取られることが多くなったですね。さらに、段々と、木村親分の家の掃除とか運転手なんかの用事を言いつけられるようになったとです。これは、木村親分がインテリ風やったので、「ヤクザヤクザ」している者を敬遠したからのようです。親分は、垢抜けしたような者しか身辺に置きたがらなかった。だから、コテコテの若いものよりも、比較的アッサリした私みたいなのが重宝されたようでした。

人と会う時も、私が頻繁に呼び出され、次第に親分の「お付き」のようになっていったわけです。そら、もう、事務所当番と親分、両方から身体取られまくりですから、自分の時間が持てない。

若い内は、当番が明けても上がれない。何かと組の用事を言いつけられる。当番の上がり際にお客が来ると対応せんといかんし、運悪く、幹部が顔出したら上がれない。そうこうしよったら親分に呼ばれる。毎日が当番やったですね。

ただ、当時は今と違ってヤクザも人気商売みたいなところがあって、親分や組の用事でカタギの旦那衆のところに使いに行ったりしとるうちに、土建とかやってる社長のタニマチが付いて可愛がられるとですね。そうするとお小遣いなんかくれる。金額にして、5万から10万円くらいですか。だから、まあ、こんなもんやと思い、当時は、黙々と日々当番を務めていました。

徐々に分かってきたのですが、当番とは本来シフト制なんですよ。でも、これがかなり流動的。当番者が来ないと入れる者が代わらされる。一番困ったパターンは、当番の人がポン（覚せい剤）でヨレて（ボケて）来ない。いろんなタイプのヤクザが居りますが、最悪のパターンは、シノギが上手くいかん人が、手っ取り早くカネになるシャブ（覚せい剤）に手を出すことです（表向きはシャブはご法度です）。シャブを扱うだけならまだいいけど、段々と、自分が嗜むようになる。そうすると、組の当番どころやなくなるようになるとですね。自分はポンをシノギにせんと誓っていましたから、近づかないようにしていました。だから、ヨレることもなかったですね。

ヤクザの世界で、上の人が若衆にいろいろと用事を言いつけて忙しくさせとく、時間を与えないのは、若い者を親分やしっかりした兄貴分の側に置いておかんと、何かしょうもないことヤラかすからです。ポンに行くのが結構いましたからね。こういうことが段々と分かってきて、妙に納得した覚えがあります。

さて、親分のお付きしよった時、はじめのうちは、私が免許取り消し中で車の運転ができない。仕方ないんで、私の（下につく）若いもん——黒崎と中間《なかま》出身の2人に、交代で運転させよった。親分から「お前、早よ免許取れや」と、度々言われていましたが、免許取り消し中じゃあ、取りたくてもどうもならんでしょう。だからやっと取り消し期間が切れた27歳の時、再受験して免許を一発合格で取りました。

いざ、免許が復活すると、買い物から、夜の飲み歩きまで付いておかないけんようになって、正式に「組長秘書」という立場をもらいました。ヤクザの世界では、上の人間が、コイツはいいなと若い衆に目をかけても、1年後、3年後、いや、1カ月後でさえ（その若いもんが）どうなっとるか分からんのですよ。パクられて（警察に捕まって）懲役行っているかもしれんし、シャブでヨレて人間変わっているかもしれんから、これも流動的なんです。だから、私のように、まあ、固く渡世をしていく人間は、親分からしたら重宝したのかもしれんですね。

日課としては犬の散歩がありました。ヤクザの親分は犬飼うとが好きですよね。この散歩は親分同伴で行くか、若いもんだけで行くわけですが、この散歩も仕事の内で、自分たちの組のシマを回るというような意味もあった。

だから、散歩しよったら、例えば商店街ならいろんな店主から挨拶されたりするし、街の人たちと会うわけですよ。当時は人気あっての商売だから、地域の人に顔を覚えてもらわないかん。そうした意味もあったんやないかと思います。

木村親分は、前にも言いましたがインテリっぽい感じやったですし、着るものにも気を遣ってオシャレだった。何より街の人たちと気さくに話しよったですから、カタギ衆に人気がありました。

親分が毎晩のように飲み歩くとは、街の「よろず相談」の役目もあったですね。クラブのオーナー、飲み屋のママから様々な相談を受けよった。その対応は、お付きの私らが指示される。

もっとも、嫌な役回りもありました。たとえば、あるクラブのオーナーから受けた相談でしたが、女の子が辞めた時、「自分の客のツケを清算しろ」って言うたけど、一向にする気配がない、ということでした。だから、その女の子の家に追い込みかけないかん羽目になった。

この時は、私からしたら女の子相手やったから気は進みませんでしたが、親分が受けた以上、話つけに出向かないかんわけです。この時は心が痛かった。結局、この子は「飛んだ（逃げた）」わけですが、何か、ホッとした記憶があります。もちろん、オーナーから依頼された仕事はできてないから、親分から怒られはしましたが。

こうした事例は、数え切れんぐらいありました。カタギの人がしたくない理不尽な役割を、土地のヤクザが担っていた。商店の旦那衆が、ヤクザを上手く利用していた時代ですね。こうして持ちつ持たれつの関係で、ヤクザは、その土地に根を張って共存してきたわけですよ。

30歳くらいになると、親分のゴルフの送迎だけやなく、プレーもお供せんといかんようになってきました。これが週に2～3回くらいの頻度であるわけです。一緒にプレーするのは、商店のオーナーさんや社長というカタギ衆の面々。すると、必ずといってイイほど賭けが始まるとです。

でも、暗黙のルールがあって、自分は親分に勝ったらいかんわけですよ。こっちは若いから、ついウッカリしてたまに勝ちそうになってしまう。「今日は調子のよかけん、90くらいで回れそうや」と思うと、どうしてもその数字を自分の中で（記録として）残したいやないですか。だけど、親分のスコア見ながら帳尻合わせせんといかんわけですよ。まあ、当時は、親分一番ですから、アットホームな気持ちで負けよったですけどね。

親分の秘書になると、そんなこんなで、身体が空かないから、シノギの開拓なんかはなかなか難しいわけです。

当時、私のシノギは、ミカジメ——これは、上《あが》り（収入）の半分は組に上納せないかんし、ミカジメ徴収する店は、自分で開拓せないかんやったですから、一般に思われとるようなルート（縄張り内で回る店が決まっている）営業やなく、独立採算のような感じですね。あとは、飲み屋の貸しオシボリ、花（店内装飾用の生け花）の営業とか兼業しとりましたから、何とか生活できる。これらは一度、店側と交渉して契約しとったら、空いた時間に回収に行けばいいから、秘書しながらでもシノいで行ける。

ヤクザというのはカッコつけないかんでしょう。若い衆にも小遣いやらんといかんし、年齢と共に義理ごとも出て来る。何かと出費が嵩みましたが、それを賄うくらいのカネは、自分のシノギで入ってきていました。

33歳の頃、毎日、事務所で顔を合わせていた一柳（嘉昭）さんという人が独立し、工藤會の直参として津川組から上がる（一本立ちする）ことになりました。この一柳親分は、当時50歳代後半の人で、木村親分より極道歴は古く、数々の武闘伝説を持ちつつも、ヤンチャなおっさんでした。いうたら、ザ・ヤクザという感じの方でしたが、昔気質で若い衆の信頼は厚かった。一柳親分は、木村親分と一緒に、津川組の屋台骨となって支えてきた一人といえます。

一柳組の立ち上げの時、木村親分から「一柳のところに行って助《す》けてやれ」と言われ、一柳組で若頭として盃をもらうことになったとです。とは言っても、事務所は、津川組の枝である末松組と一柳組とで合同でした。ウチの（一柳）組が工藤會の直参とはいえ、寄り合い所帯やったですね。

私は、相変わらず、組の若頭として一柳親分に付いていましたが、いかんせん親分の家が遠方で大変やったことを覚えています。事務所は黒崎（八幡西区）でしたが、オヤジ（親分）の家は宮田町（鞍手郡宮田町、現・宮若市）でしたから、結構な距離がある。オヤジは当時、C型肝炎が悪化していたので、生腰《いきごし》（気持ちの勢い）はあったものの、身体の衰えは隠せず、体力的な勢いがなくなっていました。

工藤會の発足

日本の復興の担い手となった北九州

炭鉱と製鉄でにぎわった福岡県北九州市の機能は、地域によって大きく異なります。港町・門司、軍都・小倉、炭鉱の町・若松、鉄の町・戸畑、官営八幡製鉄所があった八幡です。軍靴の音が響くようになると今度は軍事物資の生産により繁栄していきます。しかし、日本の軍国主義を支える工業力の拠点だった北九州は、終戦間近の昭和20年8月8日、米軍B-29爆撃機による大規模な爆撃を受けました（当初は原爆投下の標的にもなっており、陸軍第12師団・小倉連隊の武器庫を標的にB-29ボックスカーが飛来しましたが、空襲を受けた八幡地区からの煙と曇天のために視界が悪く難を逃れています）。この空襲は八幡大空襲と呼ばれ、死者1800名ほどと、その被害は福岡県内で最大です。当初、米軍は八幡製鉄所を攻撃目標にしていましたが、直前で作戦が変更され、「市民の戦意を喪失させる」という方針で市街地が攻撃されました。八幡製鉄所は大きな被害を免れることとなったのです。

昭和21年、終戦から半年後、米軍が撮影した八幡製鉄所の煙突からは煤煙が立ち上っています。戦後の復興に向けて、すでに鉄の生産が始まっていました。国内に残った鉄や鉄鉱石は八幡に集められ、不要となった戦車も運び込まれてブルドーザーに改造されました。終戦後、八幡製鉄所で優先的に製造されたものは日用品――鍋や釜、鍬やスコップなどです。復興へ向けて、人々の生活を支えることから製鉄所の仕事は始まったのです。

一方、筑豊の石炭は、わが国の戦後復興をエネルギー面から牽引します。政府は資金と資材と労働力を炭鉱と製鉄に集中させました。坑夫たちは休むことなく坑道に下りていきます。鉄と燃料――日本の復興の大きな一翼を北九州市が担ったのです。

昭和25年には朝鮮戦争が勃発。福岡県の板付飛行場（現・福岡空港）が米軍の出撃基地となり、一日の離陸機は３００機といわれました。この戦争が日本に特需景気をもたらします。昭和30年代には高度経済成長期を迎え、就職列車、集団就職の時代が到来。北九州工業地帯には西日本一円から多くの若者たちが集まって来ました。明治期の石炭ラッシュと20世紀初頭の官営八幡製鉄所開業以来、三度目の人口流入です。北九州が他所者の街といわれるのも頷けます（参考：ＮＨＫ教育テレビ『日本　映像の20世紀——福岡県』）。

高度成長期に政府や企業は石炭から石油へとエネルギー転換を進め、筑豊炭鉱は徐々に衰退していく運命を辿ります。時代は大きく変わろうとしていました。それは一般社会に止まらず、裏社会を支えたヤクザも生き方を変えなくてはなりませんでした。北九州稀代の名親分・吉田磯吉（Ｐ83参照）亡きあと、吉田親分の直系に大野留雄という親分がいました。この大野親分の舎弟にあたる工藤玄治が初代となり、戦後の新しい博徒ヤクザの源流として工藤組が発足します。

博徒組織・工藤組の発足

戦前の小倉は、南北を分断して流れる紫川がヤクザの縄張り＝シマ割りの目印でした。すなわち、東側・門司港側が檜垣親分、西側・八幡側が梶竹親分のシマです。工藤會の創始者、工藤玄治は前者、檜垣親分の身内でもありました。現在の工藤會の原型は、昭和21年に工藤が檜垣親分の後を継ぎ当代になった際の工藤組結成にみることができます。結成前から工藤の下に草鞋を脱いでいた下関・籠寅一家の若衆・草野高明が工藤組に移籍しました。

同年、神戸では田岡一雄が三代目山口組を継承しています。山口組は、昭和30年代から広域化を目指して全国に進出。工藤組のシマである北九州市でも広域化先遣隊（在北九州で山口組傘下となった組織）が暗躍を始め、あちこちで小競り合いが相次ぎます。昭和38年に山口組系梶原組（若松）が田岡一雄を通して仕切ったプロレスラー・力道山の興行に、工藤組系草野組が介入して銃撃事件に発展。この火種は小倉にも飛び火し、小倉北区の繁華街において工藤組幹部・前田國正が、山口組系菅谷組組員に射殺されています。工藤組対山口組の血で血を洗う抗争へと発展してゆきました。

紫川事件

前田國正を殺害された前田組の若衆たちは芦原興業（山口組系芦屋組傘下）に殴り込みをかけ、けん銃を乱射。ついに大規模な抗争に発展し、複数の死者を出す紫川事件に至ります。紫川事件とは工藤組幹部だった草野高明の指示で、組員が山口組系地道組傘下の安藤組組員２名を殺害し、紫川に遺棄したというものです。

複雑に交錯した確執を収めるため山口組・田岡組長、山健組・山本健一組長らも割って入り、どうにか方々手打ち・和解に落ち着きます。山口組と工藤組の手打ち式も慌ただしく年内に行われました。

こうした動きを見て翌昭和39年、警視庁が第一次頂上作戦[1]を開始。翌年には福岡県警の暴力団担当部局強化のため捜査四課が設立されます。

昭和41年３月、福岡県警捜査四課、市警特捜班などのプロジェクトチームの捜査により、工藤組系草野組・草野高明組長がついに逮捕されました。山口組系安藤組組員の拉致・監禁・暴行を主導した容疑です。さらに当局は、紫川事件の殺人被疑者として草野組長を再逮捕。この殺人事件について草野組長は「知りません」「自分の口からは言われない」などと否認し、自供には至りませんでしたが、６月22日、小倉拘置所内にて工藤組からの脱退と草野組の解散を表明、小倉署に脱退・解

1　山口組など、当時の10大暴力団を想定し為された暴力団壊滅作戦のこと。警視庁と各県警本部が連携して、昭和39年から昭和44年にかけて行われた。暴力団幹部やトップを検挙し、暴力団の資金源を断ち、組織の解体を目的としたため、頂上作戦と呼ばれる。

散届を提出しました[2]。草野組長の脱退に対して工藤玄治組長は激怒し、草野元組長を絶縁処分としました。ちなみにヤクザの処分の中では「絶縁」が最も重い処分であり、一般的には復縁の可能性がなく、任侠界からの追放を意味します。草野高明は昭和46年9月に上告が棄却され懲役10年の刑が確定。高知刑務所にて服役しました。

草野一家の結成

昭和52年5月、高知刑務所から草野高明が出所。この時、福岡県内から400名、関西などから500名が出迎えています。三代目山口組・田岡一雄組長も高知まで出向き、出所祝いの宴を主催しています。収監時に引退を表明していた草野でしたが、帰福後すぐに兵庫・西宮市の二代目松本組・竹田辰一組長の取り持ちにより草野一家を結成。竹田組長と草野組長は、工藤玄治組長と会い、賭博一本で工藤会のシマを荒らさないことを条件に草野一家の看板を掲げることで話をつけました。この後、工藤玄治が、「草野に極道は許したが、看板を出すことは認めない」と発言したことから、後々の火種を残すこととなったと言われています。

翌53年、溝下秀男が草野一家田川支部長・天野義孝の実子（養子縁組）となり溝下組を結成、草野一家に加わりました。草野一家田川支部溝下組は54年には溝下が草野の舎弟となり「極政会」と名称を変えました。猛犬・溝下が加わり、以後、草野一家は拡大していきます。この縁が、後の工藤会と草野一家の抗争――いわゆる「小倉戦争」を終息させることとなるのです。

2　この脱退・解散届は、親である工藤玄治に抗争の累が及ぶのを避けるためであったという。なぜなら、当時の工藤組は、八幡製鉄（現・新日鐵住金）の下請けを正業に持ち、自治体の公共事業にも参入していたからだ（溝下秀男・宮崎学『任侠事始め』）。

第二章　溝下教育に学ぶ

極道修行、一から学び直し

木村組が工藤連合草野一家となったことで、木村親分に付いていた時代から、「会館当番」といって草野会館（工藤連合草野一家時代からの本部）に入る機会がありました。会館は溝下会長（溝下秀男の肩書きは平成2年12月に工藤連合草野一家を継承して「総長」、平成11年1月に工藤會に改称して「会長」、四代目工藤會では「総裁」に変遷している）が作ったものです。ここは、4階に溝下会長の住居、3階が道場、2階が本部事務所という作りやったと記憶しています。

当番は2種類あり、まず、本部当番。次に、4階当番――これは溝下会長の家の当番、これが大変やったですね。もう、みんなピリピリしとるわけですよ。私は初めての4階当番は、理容室の見習いしよった時に、銭湯でコーヒー牛乳おごってくれた方の当番なわけですから、感慨深いものがありました。

しかし、会長は厳しかった。何であんなに厳しかったか……。そのおかげで自分が成長できたので後々になって納得しましたけど、その当時は「オソロシイ」という一言に尽きましたね。木村親分に怒られるのとは違って、溝下会長は半端ない怒り方していました。

怒る事……たとえば、食事ですね。これは、当番の者が用意せんといかんのですが、素材を高級品にせいとか、豪勢にせいとか、そんなことは言わない。ただ、手抜きしたりするとすぐにバレるから、大目玉食らうわけです。後は所作。入退室の仕方や客の出迎え・見送りから本当に細々したことまで……これは一言でいうたらヤクザの礼儀作法ですが、自分の言葉遣いや振舞いは、この時かなり改められました。

会館当番をはじめてから、しばらくすると、溝下会長がまだ総長だった頃、須賀町（北九州市小倉北区）というところに家を建てました。自衛隊の駐屯地が近い郊外で、私らはこれを「ヤマ」と呼んでいましたが、本部当番に加えて、このヤマでの「本家当番」が始まったわけです。

これが、いわゆる溝下流英才教育。皆泊まり込みで、作業服に着替えて作業をする。

それは、木を伐採する、庭に木を植える、池を掃除する、溝を掘る、塀を作る、壁を作る、周辺一帯の掃除など、とことん肉体労働なわけですね。加えて「自分たちで考えてやれ」「自分の頭で考えろ」というのが、会長の意図やったわけです。

何が一番大変やったかというと、庭づくり。溝下会長は、庭などを作るセンスがとても良かった。頭の中に立体的な構成が浮かぶんですよ。それを、「あの石をどうこうせい」とか、「ここに紅葉を植えるぞ」とか指示する。

こうして話すと簡単に聞こえますが、紅葉を抜くとも、植えるとも人力ですから、相当な労力がいる。大きな石（岩に近い）とかは、川に取りに行っていました。後で知ったとですが、どうもこれは盗ったらいかん石やったみたいです。

こうした一連の土木作業を、安高（毅）さんという、津川組で木村親分の代行だった人の指揮の下、朝から晩までやってたわけです。いま、思い返しても、この時は（シノギ）現場出るよりキツかった。もう、ヘトヘトになったもんです。

もっとも、この本家当番になって、会館当番と会費は免除されておったですが、自分のシノギは出来んような状態やったです。まあ、そうはいっても、合い間みて、カスリ（上前）取ったり、ミカジメ、金貸し、集金、人夫出しなんかをやりました。私の場合は、その段取り付けたら、自分の若いもんに動いてもらえばいいので、助かりましたが。

この本家当番は、工藤會傘下の組織から選抜された5～6人が来ていました。直参からは組長クラスの当番も来ていて、そんな人が作業服に着替えて力仕事せないかんのです。あと、溝下会長のところには、「部屋住み」の人が2人ほどいたと記憶しています。ちなみに、当番にもいろいろあり、1日終日、2泊3日、1週間と期間がまちまちなわけですよ。他に会長警備という当番もあって、これは、警備車両に乗って、会長の外出時に警備するというものです。当番員は、胸にフクロウのバッジ（夜目が利き、聴覚も優れているフクロウが警備にふさわしいと溝下が作らせた）を付けさせられました。

このように、複数の当番の仲間がいるわけですが、さっき言ったような庭の手入れ——というよりも造園ですか、これもせんといかんですし、電話当番、会長の身の回りの世話、（監視カメラの）モニターチェックと、いろいろとあるんですよ。

皆が緊張して固くなるとが、会長からの内線でしたね。だいたい会長は活舌のいい方でしたが、寝起きの時なんかは聞き取れないことがある。これを、分かったフリして適当なことをすると、怒られる。

私の場合は、聞き取れんと寝室まで行って、「すいません、今のお電話ですが、会長の指示が聞き取れなかったです」と、正直に言っていました。そうしたら、ちゃんと会長は詳しく指示を出してくれるとです。ただ、皆は、会長が恐ろしいから、なかなか（こうしたことを）せんのですよ。

ほかにも、あっちで「おい！」とか（会長の）声がかかると、もう、（他の当番は）

固くなって人の顔をチラチラ見るわけです。同じ当番の組長ですら、「おまえ、行っちゃれ」とか言いながら、人の背中を押しよる方も居られたくらいです。だから、この「おい！」にも、行く人間は決まってくるし、ズルばっかしている人間は、会長から目ェ付けられて怒られるわけです。私の場合は、怒られたら、言い訳はせずに「すいません」だけ言って、自分から（叩かれるよう）アタマ差し出しておったのが良かったのかもしれません。

これは、格好付けやなく、本心からそうしていました。会長は理不尽な怒り方はせん人やったですし、怒る時はちゃんと理由があった。だから、私は会長を信頼していた。素直に怒られるし、反省もするわけです。極道のカリスマ的存在、と溝下会長を崇拝するだけでは続かなかったと思います。私の場合、その底に流れる人間関係に、信頼の二文字が常にありました。

もっとも、この当番中に、自分の組（津川組）の不祥事で、私自身がパクられ署のブタ箱に入れられたこともありました。そんな時は、溝下会長名で差し入れしてくれていました。これは、モノではなく、カネでしたね（溝下の命を受けた組の者が届け、領置金として収監施設に預けられた。出所時に本人に渡される）。当時覚えている金額で50万円くらいですか。

この当番をしている最中に思っていたことは、これは修行なんだから、真面目に務めていれば、会長が認めてくれないわけはない。認められる立場になれば、時間も作れるようになる……ということでした。だから、草むしりしたり、車を洗ったり、家の周りを清掃したりと、自分で考えて率先してやっていました。何をせんといかんか（を自分で考えること）、それは、この当番をしながら、自然に学んでいきましたね。今になって思えば、ここで学んだことが、私という人間の基礎になっていきました。

若い頃は怖いモノ知らずで周りに迷惑ばっかかけて過ごし、盃もらって、一端の極道になったつもりでしたが、溝下会長との出会いが過去の自分を打ち砕いた。ヤクザとしてではなく、人間としての修行を一からさせてもらったと思うとです。

この修行があったから、現在のようにカネもなく、若い衆もいない状態でも、カタギとして生きてゆけるのじゃないかと思います。いや、カタギになったからこそ、当時学んだことが生きていると言えるかもしれません。ヤマの当番を通して、言うたら「人としての分別」を学ばせていただきました。

地獄の2カ月から側近に抜擢へ

私が33歳の頃でしたか、思い出深い出来事があったですね。

溝下会長が、癌で東京の病院に2カ月間入院されました。場所は築地市場に近い大病院で、特別室やったですね。

この時、私ともう1人のお付き、そして直参組長を併せた計3人が選抜され、会長の身の回りのお世話と警護のために上京しました。このお付き役は、会長と24時間一緒に居らないかんですから、相当なプレッシャーかかるんですよ。まさに、地獄の2カ月やったわけです。

この地獄の2カ月の具体的な内容ですが、徹夜で24時間病室警護したら、一応は明けになります。でも、ここで解放されない。会長の身の回りの品を買いに行ったりと、雑用をせんといかんわけです。

こっちは東京なんか右も左も分からんお上りさんやから、買い物といったら、立地的に近い銀座のデパートに行くわけです。必要な品を探しまわったら、1日潰れることも珍しくなかったです。そうして苦労して集めた買い物を会長に持って行ったら、「なし、こんな高い買いもんするんか！　ホームセンターでもっと安いとが売りよろうが！」と一喝される。こっちは、東京のどこにホームセンターがあるか分からんやないですか。黙って怒られておくしかないですよね。

こういう日々を3、4日続けたら、精神的に参ってしまいます。いくら若いとはいえ、睡魔に勝てんごとなります。で、結局、病室の前に座って警備中に爆睡しとるわけですよ。そんな時に限って、病室から「おい！」という声がかかる。何回呼ばれても、こっちは違う世界に行っておりますから、返事はできんわけです。

結局、「こら！　このバカタレが！（北九州に）帰れ！」と激怒される。「帰れ」言われて、「はい、分かりました」とは言えんですから、お許しが出るまで病室に正座しておりました。看護婦さんとかが入って来ても正座していますから、怪訝な顔をされるわけです。朝になると、交代で直参の組長が病室に来まして、「お前、何したんか？」と訝しげな顔をして尋ねます。すると会長が、「こいつは、不寝番のくせに爆睡しおった」と怖い顔して言うわけです。直参組長も返す言葉に困っとるわけですが、そこは会長らしくフォローしてくれるとですよ。「もう1人、当番増やしちゃり。こいつらの寝る時間を作って、上手いこと回るごとしちゃれ」と提案してくれました。

そうは言っても、私は、このお付きの間に、ことあるごとに会長から呼ばれました。ある時は「中本、ちょっと来い」言われて病室に入りますと、襟首掴まれて点滴の針を頭に刺されそうになりました。「馬鹿の治るごと、これでアタマ刺しちゃるけ」とやられましたが。

この入院の間、野村悟理事長（当時）が度々お見舞いに来ていました。その時は、会長と真剣に話をしておられたから、組織の今後についてだったのだろうと思います。

実は退院しても、会長の術後の状態は余り良いとはいえませんでした。小倉にいると、来客が多くて療養できないという理由で、大分の湯布院に別荘を構えることが決まってすぐ、会長は引退され代替わりしましたから、おそらく、当時から進退に関する話をしていたと思います。

会長が退院した時は新幹線で小倉に戻りました。その道中、会長がしんみりと言ったことが、私の心に残っています。

それは、こんな言葉でした。

「お前、よー怒られたの。お前、今日から『タカシ』たい」

何気ない言葉でしたが、私はとても嬉しかった。2カ月の疲れがフッ飛びました。この人に付いてきて良かったと、しみじみ感じた故郷への帰路でした。

この東京入院がきっかけとなり、私は、会長の運転手を務めることとなりました。実際は、専任の運転手が3人いたのですが、2人がパクられ、残りの方も不慣れだったため、ほぼ、私が一人で担当することとなったのです。だから、会長からの業務解放の合図だった「上がっていいぞ」という言葉が無くなりました。

湯布院別荘当番、何でも屋は大忙し

溝下さんが引退表明して、当代は野村会長となりました。溝下さんの立場は「総裁」となり、後に「名誉顧問」となります。この引退表明以降は、総裁は湯布院の別荘で過ごすことが多くなったと記憶します。

だから、私は、ヤマと別荘を行ったり来たりの日々やったです。ただ、その運転手に加えて、別荘当番、何でも屋を相変わらず続けていました。当時は、別荘の担当は、私の他に、料理担当など、5～6名がいました。

この別荘については、ある日、地元の病院からの帰りに「タカシ、今から湯布院行くぞ」と、総裁（その頃はまだ会長でしたが）が言い出しました。こうした気まぐれはいつものことでしたから、小倉から湯布院までドライブ。目的地は、総裁が前もって購入を考えていた物件候補の一つでした。

我々はこの物件を初めて見たわけですが、その敷地はもうデカイの一言に尽き、1000坪は優にあったと思います。内風呂、外風呂を完備しており、総裁もすぐに気に入ったようでした。

しかし、手を入れなければいけないところはかなりありましたから、総裁の創意工夫の才を活かす余地はふんだんにあります。総裁が「気に入った」と言われた日から、私たちは、この別荘に泊まり込みの作業班になっていました。

まず、周囲に柵がない。総裁は「よし、ここから石を積んで、その上に柵を作れ」と簡単に言われますが、言うは易しとはこのことです。私たちからすると湯布院版「万里の長城」を作るような気持ちになりました。広大な敷地のぐるりに石を積むのも、柵をこさえるのも、全部、自分たちの人力にかかっています。

柵づくりに至っては、山に入って竹を切り出し、同じ長さに揃えてカットし、さらに、丈夫な紐で結わえないといけない。この紐も、情緒を出すために、専用の黒い紐を探してこないといけんかったですね。こうした一連の土木工事に完成はないとです。総裁は常に手を加えますから、私が後年、懲役に行くまで続けていました。

もうひとつ、頭を抱えた問題がありました。湯布院は温泉の街です。だからこの別荘も当然ながら温泉風呂が付いていたんです。温泉は、敷地内で湧いてくるものではなく、別のところ、大体150mほど離れたところに湯元があり、ビニールの管を通って別荘に流れて来る仕組みでした。

この湯元から150mの間の管が詰まるわけです。詰まりの原因は名物の「湯の華」、何度通しても定期的に詰まります。とうとう総裁は「元のパイプごと交換せい」と言い出しました。業者に頼む……なんてことはせんかったですね。これも何でも屋である我々の仕事でした。

温泉街の上下水道機材店を回って、同じパイプを探し、マンホールの底に降り、レンチで古いパイプの連結を外してパイプ交換。こっちは配管工じゃないから、相当に苦労した覚えがあります。しかし、手抜きはできません。万一、総裁が来た時に湯が出なくなったら一大事ですから、そこはかなり慎重に作業したものです。

ヤマに帰っても、頻繁に「よし、タカシ、あした湯布院行くけん先に行っちょれ」と言われます。そうなると、4人くらいの先発隊で乗り込んで用意します。湯がちゃんと出るか確認し、別荘内外の掃除もせんといけません。

はじめのうち、厄介やったのは、どこからもらって来たのか、総裁はこの別荘の敷地内に4匹のヤギを飼っていました。これが柵を飛び越えて逃走する。そうすると捜索隊に人手が割かれるとですよね。最後には、面倒臭いのでヤギ小屋を建てました。あんまりヤギの世話をしとりますと、ヤギが私についてまわる。総裁からは「タカシ、お前に懐いとるのう」とからかわれる始末。懐いてくれるなら、逃走せんでくれと思ったものです。

総裁が風呂に、まあ、日に何度も入るのですが、「おい、風呂入るぞ」という合図がありました。他の当番がいますが、誰も畏れ多くて一緒に行かない。いつも風呂当番は私というのが暗黙の了解でした。

「風呂入るぞ」が出たら、総裁の脱いだものを畳んで脱衣籠に入れ、あらかじめ石鹸やシャンプーは揃えておき、総裁の背中を流して露天風呂に一緒に浸かっていました。そこではいろんな話、まあ、総裁の人生経験に基づく、溝下流人生哲学の講義を拝聴したものです。内容ですか？　それはご想像にお任せします。私の胸の奥にしまってあるものですから。

しかし、いきなり、「相撲を取るぞ」などと言い出すこともありました。総裁の身の回りの世話をしていて、こうした時間は、私にとって貴重なものでした。いままで、殴られ、蹴られ、に耐えたことが、このひと時で報いられた気がしました。

私は、総裁の生活上の癖や、プライベートな身の回りのことが分かっていますから、総裁も便利やったと思います。ただ、ここまで来るには辛く長い時間がかかりました。私の他にも候補者はいましたが、挫折する人も多かったですから。

引退表明以降、総裁の湯布院滞在が多くなったのは、やはり組織の対人関係に疲れたことが原因と思います。総裁となってもヤマの家にいたら、直参の人たちがひっきりなしに訪問します。野村新会長も毎日のように来ていました。当番者を叱るのも疲れるわけです。だから、自分の子飼い連れて湯布院に行くことでリラックスできたと思います。

湯布院では総裁は私どもだけを相手に過ごしていたわけではなく、他組織の当主と社交もしていました。湯布院という土地柄、他の組織の親分クラスの別荘も近くに散在していたからです。親分連も総裁を訪ねて別荘に来られますし、私が総裁の運転手として同行し、他組織の親分の別荘を訪ねたこともあります。

ただ、かなり気を遣います。親分同士が一献傾けている間、総裁がいつ帰ると言い出すか分かりませんから、こっちは玄関先で待機しています。すると当主の姐さんが、いろいろと気を遣ってくれます。別室に案内されて食事なんかを出してくれますが、こっちは気が気じゃない。

だから、総裁が酒を飲んでいる部屋へ何度も偵察に行き、「こら、まだ帰らんな」と思えば、あてがわれた部屋にもどって食事をいただく。こんな偵察を何度もやらないかんですから腰が据わらんですよ。当主の姐さんも笑っていましたが、ゆっくり味わって食事なんかできないですよね。帰りは総裁よりも先に出て、車をまわすのが私の仕事でしたから。

溝下アニマルランドのゆかいな仲間たち

ヤギの話をしましたが、多趣味な溝下総裁のエピソードで、一番強烈やったんが動物好きやったことですね。工藤會の「溝下アニマルランド」と言ったら、西日本のヤクザで知らん者はいないんじゃないかと思います。

そもそも、アニマルランドは極政会（溝下が興した組織。草野一家傘下）の時代、自邸に動物を飼うことから始まったようですが、これは、草野会館からヤマの溝下邸、湯布院の別荘へと引き継がれました。

アニマルといっても、そこらのアニマルではなく、どう猛な部類のアニマルです。ボア（大蛇）はいるし（これは、会館時代から脱皮してデカくなっていました）、サソリ、サルまでいましたし、池にはチョウザメが数匹泳いでいました。

何人も病院送りになったのは、五代目山口組三代目山健組の桑田兼吉組長から寄贈されたロットワイラー。これはドイツの軍用犬で、名前はカスター。こいつがどう猛極まりない犬でして、とにかくガタイがデカイから威圧感抜群。加えて、すぐに嚙みつく癖があります。本来、そういう役目の犬やから仕方ないのかも知れません。しかし、散歩に連れて行くのは当番の役目でして、もうビクビクものなわけです。こいつが「グルル……」と喉を鳴らし始めたら、お怒りの合図ですから、リードを電柱に括りつけた上で、離れたところからしばらく様子を見とかんと、十中八九は病院送りになるわけです。

ヤマの溝下邸に移ってから、新しい住民として、ロットワイラーに嫁さんが世話されてきました。名前はフィフィ。このフィフィが出産した時が地獄やった。当番が三交代で外の犬小屋の中に泊まり、巨体のフィフィが子どもを踏まんごと寝ずの番をしたわけです。冬の最中に犬小屋ですよ、これは東京の病院の次にシビれた試練やったですね。

あと、ミニ柴……これはいいとしても、フレンチブルのオス、クッキーと、メスのキャンディという夫婦モンも同居しとりました。これがサカリの付いたら（引き離すため）、会長から「タカシ、お前、家に連れて帰っちょけ」と言われる。私も自宅には犬を飼ってましたから、こんな客人が増えたら、もう、ゆっくり寝れんわけですよ。

犬にもなかなか苦労させられましたが、ヤマの溝下邸では、会長の花鳥風月を愛でる趣向のお陰で、苔を巡っての珍騒動も起きました。

ヤマには、大きな池がありまして、いつの間にか、この池にメダカのような小魚が繁殖するようになりました。それだけならいいのですが、この小魚が苔を食べるようになったとです。

当時はまだ会長だった溝下さんもこれにはお怒りで、「おい、小魚食うカモ捕ってこい」と命令を下しました。「どげんして（どうやって）ですか？」などと尋ねようものなら、「バカタレが！　アタマ使え！」と一喝されますから、当番で鳩首会議して、「大谷池というところにカモが飛来しているから捕獲に行くぞ」ということになりました。

結構デカイ池ですから、「ゴムボート出せや」ということになり、一同4人は勇躍し、網を持って大谷池に漕ぎ出したまではよかったのですが、野生のカモを網で捕獲しようとした我々の甘さが露呈して、5人乗り用のボートは転覆。真冬やったから、全員、死にそうになって池から這い出しました。

しかし、会長の言葉は、我々にとって絶対でしたから、次なる手を考えないかんでした。一人が「カモやなくても、小魚食う奴やったらいいっちゃろ？」と言い出しました。「そんなら、アヒルでんよかっちゃなかな？」ということになり、一同、「なるほど」と真剣に納得しました。

「で、アヒルなんかどこに居るとや？」と突っ込むと、「板櫃川《いたびつがわ》に、いっつも2羽おろうが」と言います。

さっそく件の川に行ってみますと、「居る居る」と、誰かが嬉しそうに言いました。「おい、餌、撒けや」と言って、数十分後には捕獲完了。「こらあ、俺らアタマいいばい。

大手柄や」と小躍りしながら、そのアヒルを溝下邸の池に放しました。アヒルは満足そうにスイスイとやっとりますから、安心しておりました。

翌日、「こんバカタレが！　誰がアヒル捕まえて来い言うたんか！」と、会長が大層お怒りなわけです。「何がいけんかったんかのう」と、おそるおそる会長の下に行ってみますと、なんと、アヒルは会長の大事な池の苔をついばんでいるのです。見事な苔の生えた岩が、円形脱毛症のごとなっとるの見て、皆、縮みあがっていました。

いうまでもなく、そのアヒルは即刻解職され、板櫃川に返しに行きました。その後、その地区の町内新聞には「心無い人が、大事なアヒルを持ち去った」という抗議の記事が掲載されたとか。「もう、こいつら反省の色なしちゃ！」と言った会長の言葉が、アタマの中を去来しよったですね。

アニマル編の最後は、会長が湯布院の別荘に移られ、総裁になられてからの事件です。ある日、総裁から「おい！」とお声がかかったとですね。どこか出かけるんかくらいの気持ちで走って行きましたら、「安心院《あじむ》のサファリパークが虎の子どもを2匹くれるそうやけ、お前、もらいに行ってこい……もう、2匹とも檻に入れとるらしいけ、ええか、トラックでもらいにいけ」との指示でした。

こっちは、虎の子ですから、緊張してサファリパークに車を乗り付け、係の人に尋ねました。

「あのー、溝下のところの者ですが、虎の子をいただきにきました」

「は？　虎の子？」

「はい、もう、檻に入っているとか、トラックで行って来いと言われまして」

「いえ、この季節には虎の子は生まれませんよ。それに猛獣を一般の方にお譲りすることはありません」

やられたか！でしたね。総裁はこの手の冗談が大好物やったですから。後で聞くと、「あんバカタレが、クックックッ……こん時季に虎の子なんぞ居るはずもなかろうもん」と笑っておられたとか。

案の定、別荘に帰ってみると、総裁から「どやった？　虎の子は居ったか？」とのお尋ねがありました。「いや、居りませんでした。まだ、この時季は生まれとらんそうで」と申し訳なさそうに答えると、済ました顔で「ほうか」ですよ。目が笑っていましたが。

まさか、私らとしても、「総裁、そらなかでしょう。虎の子なんか居らんやったですよ」とは文句は言えませんからね。

もう、この頃になると、溝下総裁と一緒に行動させてもらった時間もかなりのものになっていましたから、機転が利くようになるわけですよ。最初は「バカタレ！　キサマ！」の連発やったのが、段々と減って来る。こんなこともありました。

ヤマの溝下邸で、総裁のスリッパがいつもの所に無かった。総裁は「おれのスリッパ知らんか?」と、少々お怒りなわけです。手分けして探していると、総裁が「ここにあるやないか」と言いました。それはなんと当番の下駄箱だったわけです。

もう、みんな青くなっとる。私は即、「すいません」と言い、アタマを差し出しました。すると、今まではクラされよった（殴られてた）のが、この時はなでてくれたとです。総裁からしたら「こいつ、言い訳もせん。分かっとるな」と思われたのかもしれません。

ほんと、いまカタギになってしみじみ分かりますが、総裁が、（少々手荒な方法で）躾をしてくれたんやなあと思います。私がヤクザという組織は通過点と思う理由です。もちろん、一生ヤクザをする人も居る。だけど、その組織を通して、その人自身が将来どうなって行くか。筋が通らないことをしていないか。

私のようにカタギになった時にどう思い、思われるか——あの人、若い時にヤクザやってたけど、ちゃんと仕事できるんやねと、周りの人に見てもらえるための躾という訓練を、溝下総裁の下でしていただいたと感謝しています。だから、辛いこともあったし、ケツ割りたい（逃げたい）ということもあった（実際、多くの人がケツ割りました）けど、自分は耐えて良かったと、しみじみ思う今日です。

不良外国人排除作戦

21世紀になる少し前……平成10年ごろですか、北九州の街に不良中国人が入り込んできました。市内に店舗を構えるわけですが、年を追うごとに少々、目に余るようなことが起きるようになったとです。

中国は一つの国ですが、意識の上では統一されていない。省同士の仲が良くないんですね。だから、日本に来たからといって「中国人として一括り」にはできない。お互いの店で強盗し合ったり、喧嘩、襲撃をするわけですよ。

こうした自国民同士の争いを持ち込むだけでなく、裏ビジネスはするわ、クスリの売買、不法滞在となんでもあり。最悪なんは、エステ――これはマッサージ中にお客の財布から金を抜いたり、カードをスキミングする。彼らは巧妙で、マッサージしとる時に客にアイマスクさせるから、やり放題するんですね。こうした被害が、カタギの衆から聞こえてくるようになった。私のシマ内である黒崎からも、そうした苦情は寄せられました。

工藤會も、方針として「中国人をはじめとする不良外国人は、地元のヤクザに筋も通しきらん。我々のシマ内で、カタギ衆相手に勝手なことして荒らされたら、組織としても排除せないかんやろ」ということになりました。

私も、総裁の許しを得て地元に帰り、中国人と渡り合うことになったとです。黒崎は、中国人の経営するエステが多かった。いわゆる回春エステというヤツで、違法なサービスなんかも提供しとるわけです。あとは、街中でアクセサリーやパチモンなんかの露店を広げる。それはそれは、もう、アチコチでやっているから、警察も手が回らんわけですよ。

カタギ衆からのクレームも日増しに多くなるので、私は、ある中国人のエステに話をしに出向きました。最初は、女性が対応しましたが、すぐに男に囲まれました。ありがちな構図、「ひょっとしたら、やられるな」と思いましたから、こっちも腹決めて話しました。

中国人側は「ミカジメだろ、いくら払えばいいのか？」と来たわけです。だから、私は言ったとです。「ミカジメとかの問題じゃない。国が違っても同じ人間やから、我々もそういう（受け入れる）気持ちはある。だが、あんたらは悪業が目立ち過ぎた。街の人らも迷惑しとるから、店を閉めるか、日本人の経営者を立ててくれ」と。

私としては、逃げ道を与えたつもりでした。しかし、その後も平常通り営業しとるわけです。やっとることも依然として変わらん。俺らの代紋をコケにするとやね。じゃあ、しゃあない——というわけで強制執行に踏み切ったわけですよ。

強制執行というのは、暴力行為ですけど、即、中国人がポリにチンコロ（密告）しまして、パクられました。この時は、起訴猶予で赤落ち（懲役）は免れました。ヤクザは、大々的な事件になれば別ですが、自分たち同士の争いのケツ（決着）を警察には持っていかない。ところが中国人は、自分らは違法なことをしていても、いざ、なにか事があると、警察に駆け込むような節操のない連中です。

工藤會の不良外国人排除方針に対しては、カタギの商店主さんたちからも、エールをもらっていました。ですから、シマ内で好き勝手やられて、自分ら（中国人）のシノギは日本の警察が保護してくれると思われたら、ヤクザのメンツも立ちませんから、悪質な中国式エステ店に対して、別の大掛かりな襲撃を敢行しました。

これは、当初、警察も犯人が分からんやったようですが、何か、私の第六感が「アブナイ」と警告していました。だから、4カ月くらいの間は、家に帰らずに身をかわすことにしたとです。

その間、北九州市内を転々とホテル住まいしとりました。ある日、門司で街中を歩いていると、「中本！」と声をかけられ、思わず振り向くと、知った顔の刑事やった。即、逮捕ですよ。逮捕状も持っていたし、私の宿泊しているホテルも割れて（ばれて）いた。「こら、観念するしかないね」と思い、大人しく戸畑署に連行されました。

なぜ、私のことがメクレ（発覚し）たかと言いますと、中国式エステ店を襲撃した時に連れて行った若いの（組のバッジはないチンピラ）が、窃盗で捕まり、謳って（自白して）しもうてたわけです（こいつは窃盗罪の求刑懲役5年＋本件ですから、かなり長い刑が付いた筈です）。だから、調書も巻かれて（取られて）おり、戸畑署に連行されてすぐに、私はその調書を見せられました。ただ、その調書は、そいつの都合のいいように供述した点や、嘘が散見されたので、そこは指摘しました。ですから、戸畑署には余り迷惑をかけることなく、小倉拘置支所に送られました。

当時は、小倉刑務所があった時代でした（平成13年廃庁）。小倉拘置支所にも、小倉刑務所から刑務官が異動してくる。そこは、工藤會の先輩たちが地ならしをしてくれとりますから、刑務官も敬意を払ってくれるわけです。ここでのお務めは楽やったですね。私は「Gマーク（暴力団）」だから独居房でしたが、刑が確定してからの移送先なんかも、他の房からハト（情報）が飛んでくるわけです。だから、おそらく熊本（刑務所）やな、とか、推測ができるんですね。

Gマークで務めた熊本LB級（長期累犯）刑務所

赤落ちは、私が34歳の時（平成12年）でした。小倉拘置支所から熊本刑務所（以下熊刑）まで小型の護送車で移送されました。寒くなる時期だったことは覚えています。熊刑に到着して、まず感じたことは、LBの雰囲気が重々しいということ。

最初は考査訓練に3週間ほど従事し、独居で紙折りをひたすらやらされました。この時は、化粧品の箱を作らされた記憶があります。考査明けに下りた（配属された）工場は金属工場で、雑居に移動となりました。

当時の熊刑は明らかに定員オーバーで、6人部屋に7～8人収容されとったですから、居心地のいいはずがない。だいたい、1部屋に1人は無期刑の人がいるし、右見ても左見ても「ああ、あの事件の方やね」みたいな有名人の居るとがLBの特徴です。

たとえば、四代目山口組・竹中正久組長をハジいた（銃撃した）人もいたし、日航機「よど号」ハイジャック事件の田中（義三）さんもいた。まあ、有名どころの他にも、無期に落ちるというのは余程の事件を起こした方。たとえば、人を殺害するにしても残忍な殺し方をした人の筈やけど、「こいつ、本当にそんな大ごとやらかしたんかいな」と思えるような人も多々居った。そうは見えんのですよ。

だから、何するか分からん怖さというものがあるとです。そんな人が居る舎房だから、いつ背後から来られてもオカシクない、常に緊張感があったとは事実です。普段の生活で、なるべく刺激せんように気を遣いましたね。

ヤクザだからといって、デンと構えて居れんのがLB。ヤクザは、（暗黙のうちに）期待される役割として、工場を纏めないといかんしですね。だから、A級（受刑者が主に初犯の刑務所）が纏まらず、問題ばっか起こしているのはG（ヤクザ）がいないから。どこのB級（累犯）とかLB級も、Gが纏めているはず。これは受刑者だけでなく、オヤジ（刑務官）も「お前が纏めろ」とは口に出して言わないものの、その期待はあると思いますし、こうしたGの役割は、全国共通やないかと思います。

無期刑の人が多数収容されている刑務所は、初犯者が入るAや、暴力傾向のBとは異なり、受刑者が皆大人というのが特徴ですね。何か違反を起こしたら――たとえば工場内で喧嘩をしても、無期刑の人は仮釈（放）が貰えなくなる。だから、迷惑かけない、巻き込まないことが暗黙のルールになっとるわけです。

もっとも、そうしたルールに従わない人、しょうもない反則行為とか繰り返す人間は、自然と大人の工場にはいられなくなって、そういう人たちが集まる工場に落ちて行っていましたね。

他に、熊刑の特徴といったら、まず寒い。これにはタマげたけど、工場の庇に、直径20センチくらいのツララができる。「火の国熊本やなかったとかいな」と思ったけど、盆地の寒さは半端なかった。寒い時期に移送されとるから、これはすぐに経験しましたね。この寒さには最後まで慣れんやったけど、人間は不思議と順応はするとですよね。

食事は良かった記憶があります。祭日にはお菓子が出るし、日曜日にはパンも出る。たとえば、アマシャリ（甘い物類）――ヤマザキのロールケーキがまるごと1本出たり、5個入りのアンパンが出たりと、変化はあった。たまに日曜日にカップラーメンが出たりすることもありました。

これは独居の人の話ですけど、無期の方で悲しい話があったですね。焼きそばの「U.F.O.」のあるでしょう。現代人なら誰でも分かることですが、その人は、「U.F.

O.」にお湯入れて、それを捨てずにソースをかけて食いよったそうです。雑居に入ったら、誰かしら教えたでしょうにね。
中には、「ムキムキ」と言って、無期で仮釈放で出たのに、シャバでもう1回パクられた人もいる。これはもう出れない。出れないから、彼にとっては怖いモノがない。性根が座っとるわけですよ。居直っているから、何をするか分からない。

喧嘩もありました。大体が話し合いで収まる喧嘩ですよ。暴力事件になる時は、トコトンやってしまう。私が見たとは、工場で作業中に千枚通しで心臓付近を刺した「事故」があったですね。

他の組織間とのイザコザも無いことはない。ただ、地元の組織のもんなら、それがたとえ反目（対立）の組織の人間でも仲良くやっていました。これが、例えば関西から来た反目の組織の人間とかやったら、少しウルサイことになる場合もありましたね。

あと、私自身は独居（房）が良かった。何でかというと、周りに気を遣わない、また、気を遣わせる必要もない。自分で違反しない限りは懲罰ないでしょう？　しかし、熊刑は独居が少ないわけです。ロング（刑期が長い）の人ばっかだから、独居の空部屋待ちが多いとですね。

結局、念願の独居に入れましたが、これは工場で仲の良かった人間が、オヤジにナシ（話）を付けてくれたからで、入所1年後くらいのタイミングでした。独居は、雑居とは違い自由がある。とにかく勉強ができる。何をするにも集中できるとが最高やったですね。だから、ここで沢山の本を読むようにしました。

佐世保刑務所へ

熊刑にも馴染んできた頃、4年ぐらいして佐世保に移送となりました。熊刑がますます定員オーバーとなり、刑の軽い人間（9年の私が軽いほう）は、佐世保に限らず、近県の刑務所に振り分けられたようです。人数としては50人くらいやったと記憶しています。

佐世保の分類級は当時、Y（26歳未満成人）とYB（26歳未満成人・累犯）でした（現在はB）。これは主に若い人を収容する施設。Bがいますから、ヤクザの若い衆も結構いたし、全体的にヤンチャな子たちがいた。面白かったのは、ここの職員がLBの人間の扱い方を知らないことでした。これは、肌で感じたことですが、オヤジが我々に気を遣って妙に優しいとですね。

しかし、YBというところは、大人のLBと比べたら、そりゃあもうガチャガチャで動物園みたいなところでした。すぐに喧嘩になる。ちょっと気に入らんと喧嘩がおっぱじまるわけですよ。若いもんは単純なルールが守れない。だから、常に非常警報が鳴っていた。

困ったことに、若い衆にとっては、「懲罰」は意味が無いんですね。「懲罰」は彼らにとって一種の勲章になる。当時は、今とは違い、刑務所内部の喧嘩では余程のことがないかぎり、起訴されて、「増し刑（刑期が加算される）」になることは稀な時代でしたから、やりたい放題でした。

さて、佐世保に移送された私ですが、通常は考査工場を通るところを、省略されて配属されたのはなんでもアリの工場でした。有田焼風の食器づくり——皿に絵柄が入ったシールを熱転写するという生産的なものから、紐や新聞紙をつかって、たとえば、紐をこのように結んでください、次は、結んだ紐をほどいてくださいなどと、とにかく何かさせておけばいいというような作業までさせられよったです。

工場に出て感じたことは、私の肩書（若頭）と、ＬＢの熊刑から来たということで、周りの若い衆が一目置いてくれるとですね。だから、いろいろと頼られる。彼らは彼らなりに誰か力のある者の傘下に入りたがる者が居るわけですよ。あとは、彼らも折角刑務所に来たのだから、土産を持って出所したい。だから私から何かを学ぼうとしている子もいました。刑務所の務め方を学びたいという人は、結構、居ったですね。

困るとは、工場で問題が起きたら相談されることやったですね。頼ってこられたら、こっちは年上やし、知らん顔できんわけです。「いやいや、おれはいいよ」という我関せずができない社会なわけですよ。

刑務所の中には表と裏のルールがある。表は刑務官であるオヤジが執行するルール。裏は受刑者の暗黙の了解。若い子は、このルールが分からん子が多い。あるいは、従わんから喧嘩になる。彼らはグレン隊のように連帯意識を持ちたがるわけです。彼らが何か悪いことをする時に、「おれはいい」と言って逃げたら、「こいつ腰（根性）がない」とバカにされ喧嘩になる。

まあ、ＹＢでは皆、虚勢を張っているように見えたですね。悪いと分かっていてもやらんと男が立たんような感じ。ココ（刑務所）に入ったからには、名を残して帰るぞというような意識があるから、イモ引けん（怖気づけない）というところですね。

これに巻き込まれるのが、私らのような年配者なわけですよ（仲裁には工場担当のオヤジも口を出さんやったですね）。工場で喧嘩が始まったら止めないかん、収まらんからつい手が出る。するとこっちも懲罰行きになるという寸法で、結局２回の懲罰を食いました。

どちらも喧嘩事案で、１回目は、懲罰１週間でしたが、途中で解除され、２回目は懲罰２週間やったと記憶します。日中は正座させられて、決められた目線を維持せんといかんわけです。膝に乗せた手が緩いと、オヤジの巡回の時「脇が空いとる」とか注意されます。ひたすら座るしかないので、妄想するしかない。出たらどうしょうか、組はどうなっとるかいな、とかですね。

こら、いい加減かなわんなと思っていたら、若い子たちが勝手に段取りしてくれて、佐世保に来てから3カ月くらいで独居に入れました。ここは熊刑と違って出入りのサイクルが早いから、独居の住民もすぐにシャバに出て行く。私の場合は、誰かがナシ付けて独居にいた人が雑居に下りたようでした。

ここで再び本の虫になりました。差し入れしてもらった本が溜まっていましたから、読みまくる。その中から、自分の糧になる本が見つかるんですね。この考え方を、自分の刑務所生活における軸にしようというようなものも出て来る。

私の場合、『孫子の兵法』とか『老子』なんかも読みましたが、儒教や論語を通して、武士道にハマってしまいました。こんな本は、シャバでは全く手も触れなかったものですよ。

とりわけ、座右の銘としたのは、「克己復礼」という言葉でした。自分自身に克つことが最も手強い、そこに克ててこそ礼に帰る――この言葉を、刑務所の中で大事にしました。だから、年下の者に対しても上から出ない。自分はここで、ここだからこそ礼を尽くそうと考えたんです。

何より「克己復礼」という言葉を知った時、溝下総裁の教育の本質が見えた気がしました。

刑務所内での読書によって、いってみれば内省の時間を得ることが出来ました。すると、これまでの自分の行いが軽率に、刹那的に思われてきました。このような境地に至りますと、シャバでヤクザやっていた頃と随分考え方が変わっていくわけです。

シャバでは、相手に対して引いたら負けやと思っていた。引くとか、引かんとかいうのは、殺し合いの時の話。無駄なことで腹を立てたり、争わない。刑務所の殺伐とした社会で気付いたことですが、ここでは、人間の考え方が二手に分かれる。自分を抑えるか、鬱憤や怒りを外に向けようとするか――「克己復礼」とは、前者の考え方です。

だから、私は3アウト制に徹するようにしていました。相手が上からモノを言っても、理不尽なことをしても、2回は黙って我慢する。3回目は、自分の中のルールでお話をする。「私は、2回まで我慢した。しかし、あなたの態度は変わらないから、話をさせてもらう」とはっきり前置きして諭します。多くの人間関係の摩擦は、この方法で解決できました。

もうひとつ、溝下総裁の言葉（これは造語ですが）を心の支えとしました。それは、「闘争無限」というものです。この言葉は、人によって解釈が異なると思います。若い人なら、常に、無限に喧嘩上等！　イケイケや！と解するかもしれません。

私は、熊刑と佐世保で本を読み、内省を続けた結果、この言葉の意味は「自分との闘いは無限なのだ。人は自分と闘い続けなければならない生き物だ」ということだと解釈するようになりました。

佐世保に移送されたら、周りの人たちのスタイルが自分とは違いました。若いからでしょうが、やりっ放し、投げやり、懲罰上等なわけです。そのような中で、私は、「闘争無限」と「克己復礼」の考え方を軸として行動することに徹しました。

作業をする時も、背筋を伸ばして取り組む、「すいません」と率先して頭を下げる、何事も若い人にさせるのではなく、たとえば自分からお膳を下げるなど、小さなことにも気を付ける。とにかく、目の前のことに集中することが人間の強さに至ると考えました。肩で風を切って歩くことが格好いいというような、見せかけの強さの誇示ではなく、真の強さの意味に思い至ったからです。まず、自分（の驕りや怠惰）に勝つことに終始した結果です。

こうした自らに課した行動規範を遵守したお陰で、3年間、無事故無違反という結果を得て、刑務所の中の階級（昇進に応じて、制限の緩和、娯楽などの優遇が受けられる。制限区分1～4種・優遇措置1～5類）も2種2類まで上がることができました。これは、処遇の面でかなり良くなります。すると刑務所側から「中本、すまん。お前がよう頑張ったことは認めるが、G持っている者は、2種を外してもらわないかん」ということで、3種2類止まりになったことを覚えています。

私の場合は、別に優遇をもらいたいと思って日々を過ごしていたわけではありません。それは結果としてついて来たものです。もっとも、前述したように、佐世保は他の刑務所とは異なり、この優遇というニンジンをぶら下げても、若い人は懲罰を勲章程度に考えるぐらいですから、余り効果はなかったですがね。

私は、オヤジから見ると模範囚だったかもしれません。だからオヤジとのトラブルも余りありませんでした。どちらかというと、オヤジから相談を受けたり、アドバイスもしていました。もっとも、オヤジは公務員ですから最後のところまでは信頼できません。しかし、刑務所の（工場の）秩序維持という観点から協力をしていました。

公務員だからというのは、規則から外れたら理由がどうであれダメやった。たとえば、問題児の囚人がおって、彼を協力させるために説諭をしたら、「不正講談」を取られて懲罰落ちなんてことがあるからです。

熊刑だったら、事情を察してもらえたが、佐世保では融通が利かないところがありました。もっとも、懲罰と言われたら、文句や言い訳めいたことは言わずに落ちていました。それが、ヤクザ者ですからね。

あと、若い刑務官に工場で「オヤジ、いいですか」と一言返したこともありました。彼は工場担当に向いておらず、余りに心無い振舞いをしたため、意見したのです。彼らは、学校の先生と同じような立場なんですよ。皆、オヤジを見ている。だから、この刑務官には「オヤジとして振舞ってくれ」とお願いしました。そうしないと工場の纏まりに支障がでるからです。

いい例が、たまに開催される工場対抗の運動会。この時は、工場が一つに纏まって頑張るわけですが、それは各人が「他の工場に勝って、オヤジを喜ばそう」という意識を持つからなんですね。こうした気持ちは自然に出てくるものですし、そのためにはオヤジが平素から信頼されていないとダメなんです。だから、年齢に関係なく、オヤジはオヤジらしく振舞う必要があるわけです。

満期出所後に待っていたリアル

そうこうしている内に月日は流れるもので、私は43歳で満期出所となりました（平成21年）。組の仕事で身体張って赤落ちしていますから、出迎えには来てくれた。もっとも、昔のような大勢での出迎えが禁止されていますから、直接、門前まで出迎えてくれたのは車が1台。あとの身内は、近くのローソンの駐車場で待機してくれていたと記憶しています。

小倉に着いた日は、組が放免祝いの席を用意してくれており、野村総裁や田上会長、菊池理事長に挨拶し、直接、慰労していただきました。

溝下さんは、私が服役中に鬼籍に入り、野村さんが（実質的にも）代を取ったことは聞き知っていました。その後、田上会長の代になっていたわけですから、組織は二代変わっていた。だから、私は浦島太郎のように、かなり隔世の感をもったものです。

私の親である津川組の木村組長は、工藤會の幹事長という要職に就いていました。私はシャバに戻ってからは、工藤會本部の専務理事というポストをもらいましたが、何か、組織の空気が変わっていることに違和感を覚えたものです。

この組織が自分の真の居場所だと信じて頑張ってきたし、長い懲役にも耐えたわけですが、違和感は日増しに濃くなり、ついには自分の気持ちも変化するようになっていきました。刑務所の中で、見知った名称や「暴排」の字が躍る新聞読んで、何となく感じていたことが、リアルに実感できたわけです。

確かに、新体制になれば、組織が変わる。代替わりは、新しい空気を入れることで、組織が発展するための転機。その過程で少々のゴタゴタや行き違いは生じるかもしれないが、それは一過性の問題。こうしたことは、どこの組織でもあると思います。そのような変化の渦中にあっても一つに纏まるのが、我々兵隊の役目。組織への想いがあるから、何事も辛抱できる。そのことは十分に分かっているつもりですが、何か、モヤモヤした違和感が拭い去れなかったのです。

モヤモヤの最たるものは、一連のカタギに対する襲撃事件やったですね。いろいろな事件が起きた。でも、誰も検挙されていない。これらの事件は、ウチやないかもしれない。モヤモヤ感があるわけですよ。その時は、組織を辞めようなどとは考えてもいなかった。しっくりしないまま、ヤクザ生活を続けとりました。

【北九州とヤクザ】②

名親分の条件

火野葦平『花と龍』のもう一人の主人公
――吉田磯吉親分

北九州の貧困家庭で育ち、9歳で丁稚に出された吉田磯吉少年が、筑豊炭田から遠賀《おんが》川を下って石炭を運ぶ川艜《かわひらた》の船頭になったのは明治16年、彼が16歳の時です。船頭の仕事は厳しく、日常的に危険と隣り合わせの上、肉体的重労働であったようです。こうした艱難辛苦の生活を経て、20代の半ばには吉田は数百人の船頭を統率する大兄貴分に成長しました。その後、韓国の釜山に渡り沖仲仕をしたり、姉が経営する遊郭「大吉楼」の仕事で西日本各地に「女かかえ（女買い）」の旅をし、各地の親分や侠客と深く交わります。大阪随一の顔役と言われた難波の福こと鶴田丹蔵、角界ににらみをきかせていた元大関の勇山《いさみやま》こと塩田伊三とは、特に親交を結んだと伝えられています（猪野健治『侠客の条件――吉田磯吉伝』）。

明治32年、「大吉楼」の裏に小料理屋「現銀亭」を開業。近隣は官営八幡製鉄所の操業開始（明治34年）と炭鉱景気、若松港の開港などで人が人を呼んで沸き立ち、当然、よそから流れ込んできた無頼の輩の乱暴狼藉も横行していました。つまり、「米国西部地方開拓当時の如き活気」が横溢した反面、「倶梨伽羅紋々の刺青をした男が数名、赤褌に晒の腹巻を締め、白刃を引提げて追いつ追われつ、火花を散らし戦っている物凄い光景」が日常的に展開されていたのです（同）。地元の商店主は結束し、自分たちでこの街に秩序を取り戻すべく自警団的思考を持つに至ります。「町の長老や会社、商店主は、相談の結果、その『危険を買う男』として、吉田磯吉に白羽の矢をたてた。吉田の大親分への座は、このときに約束されたのである」（同）。吉田を頭とする若松自警団はこうして発足しました。

命を削っての若松平定

自警団として若松や戸畑地区のヤクザやゴロツキ勢力を平定するのは、力を以て臨まなくてはできない作業でした。好景気に沸き返る若松一帯はさまざまな流民労働者や遊び人が跋扈し、大小数十といわれる親分が看板を掲げていました。地元から抜擢された吉田親分は他の親分らの反感の的になり、その敵意はすさまじく、「吉田ごときの風下に立てるか」という敵愾心は、若松はもとより近郊を縄張りとする親分や顔役に共通した心情であったといいます（同）。吉田は常に襲撃という形で命を狙われました。そのような身の危険を伴侶としつつも、若松の英雄・吉田磯吉は「侠の精神」に後押しされるように、常に自身が第一線に立って民衆支援に尽力しました。

若松・西念寺を火元とする火災が発生した際は村八分にされた住職を吉田一人が白米2俵をもって見舞っています。あるいは、吉田が若松の消防組の小頭だった時代に二百余戸を灰燼に帰した大火が発生。共に消火・救援活動に当たった松田巡査部長が重傷を負いました。自身も重傷だった吉田は消防後援会をつくり、警察官の俸給しか支給されない松田の窮状を救ったと言われます。

吉田の侠的行為の積み重ねで一般人の間に子分とは異なった市民ファン、吉田シンパを形成することになり、後に猪野健治のいう「超階級的支持」を受けるようになります。もちろん、そうした侠客気質のキレイごとばかりで町を平定することはできません。若松を恣意的にコントロールするために、腕力や子分の数にものをいわせたことも事実です。吉田傘下のヤクザの親分達が暴力的威嚇をもって若松とその近隣を牛耳ろうとしたことは、石炭沖仲仕の利権における吉田サイドの共働組と玉井金五郎を担ぐ聯合組との確執の歴史を描いた『花と龍』（火野葦平）に細叙されています。

大関・放駒《はなれごま》事件の調停と日本一の親分の座

明治42年から43年にかけて起こった大関・放駒

事件というものがあります。当時、大相撲[3]は関西と関東に分かれており、大阪大角力協会所属の人気力士・放駒関が東京大角力協会に移籍を表明したことをめぐって、両協会が対立、それぞれの協会についているタニマチ（後援者、贔屓筋）、特にそのなかの顔役が動いて紛糾した事件です。この事件以降、関西から脱走者が相継ぎ、有力力士が血判書をしたためて大阪大角力協会の実力者である協会役員の刷新を迫りました。メンツを潰された大阪相撲界は東京の相撲界と正面切って対立という事態に至るのです。

吉田磯吉は兄弟分である大阪・難波の福に呼ばれ、彼の自宅で放駒事件が「流血寸前の危機」にあることを知りました。吉田は関西相撲界の実力者、京都の大親分・勇山に会って仲裁に乗り出し、関係者それぞれの顔を立てることで調停にこぎつけたのです（宮崎学『ヤクザと日本――近代の無頼』、猪野健治『やくざと日本人』）。この事件を契機に、吉田は、当時唯一のプロスポーツであった相撲界に大きな影響力を持つに至りました。吉田が勧進元となり、「手打ち興行」として福岡の博多で開催した東西大相撲合同興行は空前の盛況だったと伝えられています。

当時の角界、とりわけ東京大角力協会は爵位を持つ人物や有力政財界人の社交場的華やかさをもっていました。日本の名士が絡む紛争の調停は吉田の名を全国的なものとし、日本一の親分として

3　当時の角界は江戸時代の封建的な残滓を濃厚にとどめていた。「ふんどしかつぎ」といわれた末端力士はもとより、大関級に昇進しても、移籍や脱退は本人の一存では決められず、親方や後援者など顔役に支配されており、絶対服従の関係であった。親方は、これと見込んで入門させた力士には親身になって世話を焼くが、下積み力士の生活は悲惨であり、「ただめし食いの厄介者」とみなされて無給の力仕事をさせられ、体のいい奴隷であった。吉田磯吉も一度は大阪相撲協会に所属する某の門に入ったが半年で脱走している。脱走するのは、逃げる現場を見つかれば、寄ってたかって制裁を加えられるからである。放駒は、こうした角界の悪慣習に反逆したのである（猪野健治『やくざと日本人』）。

認められました。大正4年に衆議院議員に当選して中央政界へ進出した背景にも、そうした「実績」の積み上げがあったからにほかなりません（猪野健治『やくざと日本人』）。

若松を拠点に、北九州では「吉田天皇」と称されていた吉田大親分は、昭和7年に衆議院議員を勇退。昭和11年1月に受けた虫状突起周囲炎の手術結果が思わしくなく同17日、鬼籍に入りました。享年70。その葬儀は「どえらい葬儀」であったと、地元でも語り継がれてきました。「葬式までの七日間は、若松の遊郭の十二軒を全部借りきって、そこに人夫を泊め、葬式当日は会葬者と坊さんを泊めた。……千二百通の電報のなかから何本読むかってことでも……大臣とか県知事とか偉い人ばかりだったが、『吉田磯吉は庶民の英雄だからそんなものを読んじゃいかん』と……不幸にして先生の葬式に行けないのは残念だけど獄中よりつつしんで弔意を表しますなんてのを読んだんですよ。葬式は二キロつづきました……庶民の葬式で会葬者が二万人というんですから、九州本線は特別列車を出して……二等車を二両か三両増結しました」。以上は、吉田親分の長男、吉田敬太郎氏（元福岡県議・衆議院議員・若松市長）が、玉井政雄氏（火野葦平＝本名・玉井勝則＝実弟・玉井金五郎親分の次男・東筑紫短大教授・作家）との対談で語った内容から抜粋したものです（猪野健治『侠客の条件――吉田磯吉伝』）。

遠賀川仲間（中間市）が生んだ男伊達
――溝下秀男

弱冠16歳で一介の川艜舟の船頭から身を起こし、日本一の親分となり、中央政界にまで進出した吉田磯吉親分の名前は、北九州の「川筋気質《かわすじかたぎ》」（P109参照）を代表する男伊達として現在に至るまで語り継がれています。同じく、北九州で名を知られた男伊達は、強烈な武闘派で、破天荒な逸話が囁かれ、反面「任侠より愛嬌」という名言を残した溝下秀男親分です。彼は、九州を震撼させた山口組と久留米・道仁会の「山道抗争」（昭和

61〜62年）を調停しただけでなく、反目していた工藤会と草野一家をまとめました。暴対法下においては「組織のあり方からシノギに至るまで、見事に転換をやってのけた男」（溝下秀男・宮崎学『任侠事始め』）であり、現在の工藤會の礎を築いた人物といえます。戦後、北九州の歴代ヤクザの中で、最も強いインパクトを持つ人物ではないでしょうか。

溝下は昭和21年、福岡県嘉穂郡に生まれました。生まれたときから父親は知らなかったそうです。3歳の時に溝下家の養子になり、小学校4年生の時には母親に捨てられ、養子先の父親も姿を消しています。爾来、2人の妹を養いながらの生活が始まり、炭鉱の盗掘（タヌキ掘り）などを行いながら糊口を凌ぎました。中学生の時には会社を作り、近所のオバチャンや友達に仕事を割り振っていたといわれています。

プロボクサーを目指しての上京後、愚連隊溝下組（のちに極政会）を結成。周囲の勧めで政治家への道を考えたこともあったそうですが、草野高明親分と知り合い、昭和54年、草野一家との抗争劇の末に和解、一家に加わっています。この時、溝下は32歳、ヤクザとしては遅い業界入りでした（同）。

昭和55年、草野一家の若頭に就任、平成2年には九州最大のヤクザ組織・二代目工藤連合草野一家を継承しています（平成11年工藤會に改称）。平成12年、四代目工藤會総裁となり、その後、名誉顧問。平成20年7月1日、61歳で逝去。生前、共著を除いては、『極道一番搾り』（洋泉社）、『愛嬌一本締め』（宝島社）という、2冊の著書を世に出しています。

第三章　北方新悲劇——親はなくても悪ガキは育つ

小学校低学年から喧嘩上等

この辺で、どんな生まれ育ちだったのかも話しておきますか。

私の生まれは昭和41年、福岡市博多区の吉塚です。もっとも、記憶にはありません。当時の写真を見て、ああ、東公園だなと分かるくらいのものです。育ったのは、北九州市の小倉南区、北方《きたがた》というところです。先生（筆者）の大学がある近辺ですよ。

あそこは、独特な町でね、いうたら「路地の町」「迷路の町」といえるかな。悪い事して警察に追われたとしても、地元の路地に逃げ込んだら、まず捕まらない。それほど入り組んでいました。

そんな路地で、オッチャンらは刺青丸出しで将棋を差しているし、昼間から酒飲んで酔っ払いよります。オバチャンも輩《やから》（筋者）みたいな人が多く、すぐに「うなー、なんしよんそか（おまえ、何をしてるのか）！」と、大声で怒る。そんな町で小学校4年生まで育ったんです。

両親は揃っていました。形の上ではですがね。父親は運送業、母親は街のキャバレーで働いていました。だから、鍵っ子。家に帰っても食事が作ってあったり、なかったり。ない時は、自分でインスタントラーメン作って食うていました。兄弟はいませんから、その点は気楽やったかもしれません。

写真では幼稚園の頃に遊園地で撮ったものが残ってますが、物心ついてからというもの、両親からは完全に放置されていました。楽しい思い出なんかないですよ。クリスマスもないし、正月もなし。

父親はだいたい家に帰ってきません。帰ってきても酔っ払っている。いつもサントリー・レッドのポケットウイスキーを、ズボンのポケットに入れていましたね。休みの日は近所の角打ち屋（立ち飲み屋）に入り浸っているアル中でした。帰宅してオフクロと喧嘩するのが煩わしかったのかもしれません。

たまに帰宅したと思うと殴られる。でも、私からしたら、父親に対して特別な感情は抱いていました。それは、父親の（肉体的な）強さじゃないかと思います。

母親はキャバレー勤めですから、出勤するのは日が落ちてからです。小学校の低学年時代は、出勤するときに近所の人に預けられていました。仕事が終わると、迎えに来るけど会話はない。小学校3年生くらいで鍵っ子になってからの思い出は、夜中の0時過ぎ、アパートの鉄の階段を上ってくるカンカンカンというヒールの靴音ですね。それが聞こえたら、何か、安心して眠りについていました。

当時、学校では悪ガキでした。低学年から他校区に行っては喧嘩。隣の校区の若園とかとは、しょっちゅう喧嘩上等でした。

当時から遊ぶのは団体でした。地元の先輩や後輩、チビッ子グレン隊やないですけど、20人くらいの規模でしたか。草野球のチームが2チームできたくらいでしたからね。その仲間と、酒も、タバコもやっていました。ワンカップ（大関）が多かったですが、オヤジのレッドの小瓶をくすねたのがバレて、しこたま殴られた記憶がありますよ。

遊びいうたら、京町（小倉駅の近くで、現在、中本さんが商売している場所）の先にあった「カジノ」というゲーセンで、懐かしのインベーダーゲームや、ピンボールなんかして遊んでいました。結構、中学生からタカられて、文無しで帰ったこともありましたね。

でも、まあ、総じて学校は楽しかった。欠席もしていないですね。学校が終わったら、近所の友人と銭湯行ったり、ガキながら、オボッチャマ君の金づるがいましたから、巻き上げて皆で楽しく遊びましたよ。

私が育った地区は、連帯意識がハンパない。だから、いつも一緒なわけですよ。夕方の5時になったら、学校だったか公民館のチャイムが鳴るけど、そんなのお構いなしに遊ぶ。こういうグループに属していると、段々、ワルになっていくわけですよね。そう、街角家族という表現がシックリくるような関係でしたね。

親の失踪と希薄な親戚関係

小学校の4年生のある日、突然、母親が帰ってきませんでした。父親は相変わらず、かなり遅い時間に帰ってきたり、こなかったりの状態ですよ。母親がいないと、食い物はないけど大丈夫でした。しばらくは、近所のオバチャンとか、友人が何とかしてくれましたから。ほんと、(困った境遇には)どストライクの村ですよ。お互いの連携が強いから、ひとりぼっちじゃないんですね。

でもこれからが、北方新悲劇ですよ。1週間もしたら父親も帰ってこなくなりました。とうとう食料ない、カネない。育ち盛りですから、給食ではとても足りんですよ。仕方ないんで、近くにあった北方市場(魚屋、肉屋、八百屋などが入ったバラック建ての商店街)で盗みをしたり、ゴミ箱の残飯を漁って食いつないでいました。畑の野菜をかじったり、朝パン(朝、スーパーの前に配達してあるパンを盗むこと)もやりましたね。

この時、悲しいなどの感情はなかったですね。とにかく腹は減る、生きていかないけん、何とかしょう、大人には頼れん……それだけでしたね。

この時、精神的、物理的に力になってくれたんは、ガキながら、友人や先輩でしたね。（学校の）先生は（何かあったかなと、気づいていたかもしれませんが）何もしてくれんやったですね。

そうそう、母親の失踪の原因は、サラ金の金貸しから逃げるためやったようです。度々、借金取りが来ていました。「お母ちゃんは？」と聞くから、「居らん、帰ってこん」と言うたら、さすがに子どもには何もせんで帰って行きよりました。

実は、思い当たることがあってですね、私が相当小さい時、母親から街にある博打場に連れて行かれたことがあります。ここは、女ばかりの博打場で、花札していましたね。賭場内では碁石をチップ代わりにしていたことを、子どもながら覚えています。おそらく、ここでの負けが込んで、借金したのでしょう。

2週間後くらいですか、私が余りにみすぼらしい格好しとるでしょう。着ているものは毎日同じものですし、薄汚れとる。だから、近所のオバチャンが「お父ちゃんとお母ちゃんはどうしたんや」と尋ねるから、「しばらく、帰っとらん」と答えましたら、取りあえず、その人の家に連れて行ってくれて、飯食わせてくれました。そして、すぐに近くに住んでいた親戚のオバチャン（母の妹）に連絡して、連れて行ってくれました。

これ以降、母方、父方の親戚の家をたらい回しにされるとですけど、両親の家系は関係が薄かったです。親戚とはいえ、私は、ほとんど初対面のような感じでしたから。とりあえず、「この両親」の子どもを預かるなら、「筋論でいえばココやないか」というようなところで、あちこち回されましたね。

最初に保護されて連れて行かれた母の妹の家は、覚えていることといえば、オイチャン（母の妹のダンナさん）が、恐ろしい人いうことぐらいですか。街金、金貸ししよったようで、見た目がヤクザっぽい人でした。

この家には、二つ上の従兄、三つ上の従姉がいましたから、夜、寝かされるのは部屋の外、板張りの廊下でしたね。他にも明らかに扱いが違いましたが、とりあえず飯は食わせてくれました。

ここの家には2～3週間厄介になりましたけど、面白くはなかった。生きるため……当時は自分の状況を、悲劇だとか、この先どうなるやろうとか、あまり考えませんでしたね。

県外の親戚をたらい回し

この家での生活を経験して、ようやくリズムが摑めた頃、オバチャンから「お父ちゃんの身内の家に行きなさい。学校は変わるけどしようがないね」と言われて、ウンもスンもなく、その日から即刻、山口県の下関市に回されました。

この父方の親戚は新下関駅の近くで、酒屋兼雑貨屋を営んでいました。「こんどはどんな家庭やろうか」などという感情は脳裏をかすめもしなかったですね。

ただ、地元の勝山小学校に行って、ガラが悪いと思ったことは記憶しています。（小倉・北方を知る人なら）北方よりガラが悪いってどういうトコ？と思うでしょうが、この下関・勝山地区は当時校内暴力が流行っていて、ニュースになったほどの筋金入りの地域でした。

もちろん、校内暴力が起きていたのは中学校ですけど、その兄弟、つまり予備軍がいる小学校ですから、悪くて当然ですよね。当然、転校早々から喧嘩また喧嘩の毎日ですよ。でも、ガチで喧嘩したら仲良くなるやないですか。ワルはそういうもんですよね。そうして、またまたツルむ連中ができて、悪い事するわけですよ。

父方の親戚ですけど、オイチャンは気の弱そうな人でしたが、オバチャンが私を受け入れていなかったですね。私が転がり込んだことで、家庭のリズムが狂いますから。

たとえば、この家には、一つ上と二つ上の年子の兄弟がいました。風呂に入る時、「お前が先に入ると風呂が汚れる」と言われ、いつも最後に入浴していましたね。トイレすら（大はさすがに別ですが）屋外でするように言われ、寒い冬空の下でも、こそーっと外に出て用をたしていました。

もっとも、小言をオバチャンに上申する兄弟には、いろいろとムカつくことがありましたから、クラして泣かせていましたけどね。それは、子どものルールですよ。腕力の強いモン、度胸のあるモンが上に立つという原則ですよ。

この家に居候しているとき、一番応えたのが、万引きを私のせいにされたことです。この酒屋は、角打ちもする、雑貨屋もする、駄菓子屋もするという何でも屋でした。私が、勝山小学校で慣れてくると、友人が店に来るようになりました。まだまだ新興住宅地でしたから、それまでは「わざわざ」子どもが来るような店ではなかったのです。

すると、オバチャンが「物（店の商品）がなくなる」と言い出した。はじめは、私に聞こえよがしに「最近、物が無くなるっちゃけど、変よね～」とか、言うてましたが、段々、面と向かって言うようになってきました。「あんた、悪いことしようやろ。正直に言いんさい」「あんたが、この家にきてからそげ（物がなくなるように）なった」とかですね。

当時、私は、悪ガキでしたけど、11歳ですよ。お世話になってる家に、ヤマ（言い）返せんですよね。身に覚えがない事で責められて、腹立つやら、悲しいやらでしたが、ただ、忍の一文字で黙ってこらえていましたね。身に覚えがない事で責められて悔しい、でも、悔しいけど我慢せな、また家を追い出される……それは、少ない人生経験から学んだ私なりの教訓だったのです。

こうしたことがあると、針の蓆の家に帰りたくなくなるわけですよ。だから、門限の5時なんかは無視して、仲間とつるむ方が楽しかった。そこで、またまた悪くなって行くとですよね。勝山では、不良の基礎体力作ったようなものですよ。

そうこうして生活していたら、オバチャンは目が悪くなってきたと言い出して、寝込むようになりました。ある日、何の前触れもなく、寝ている枕元に呼ばれました。そして、「オバチャンねえ、あんたのせいで目が見えんごとなりようとよ」と、苦しそうに言うわけですよ。私としては、「はあ、すいません」としか言えんやないですか。すると、しばしの気まずい沈黙の後「あんたのお父さんの母親の家に行きんさい」と言われました。短い会見は、これだけでした。

数日後、同じ山口県内にある父の母（祖母）の家に、僅かな持ち物を持って引っ越しました。

そして、たらい回しは続く

父方のおばあちゃんの家には、小さい頃に行ったことがあり、まだ存命だったおじいちゃんが面白い人だったことを覚えていました。だから、少しは期待がありましたが、現実はそんなに甘くはありませんでした。

おじいちゃんが亡くなり、この家にはおばあちゃん一人で生活していました。その家に移ってすぐに、おばあちゃんの態度が、何かよそよそしいと感じるようになりました。おそらく、比較的近い場所から、私の悪評が伝わっていたからと思います。あとは、この前にお世話になっていた家のオバチャンが、いろいろ話をしていたり、もしかしたら、空気を入れ（悪口を言っ）ていた可能性もあります。ともかく、私に触れたくないような感じで、可愛がってもらえませんでした。

結局、小学校5年生の数カ月しか置いてもらえず、「母親の父母のところに行きなさい」と、素っ気なく言われ、またまた家が変わることになりました。まあ、この時も別に感情はなく「またか」程度のものでしたね。

母親の父母のところというのは、山口県の豊浦町（平成17年に下関市と合併）の漁港、川棚温泉の先にあるド田舎でした。母の父母は、ここで漁師をしていました。

小学校6年になる春休み前後という短い期間でしたが、一番嬉しかったことは、この漁師のじいちゃん一家が、温かく受け入れてくれたことです。母の一番下の妹が子連れで同居していましたが、この子ら2人とも年下で、喧嘩することもなく、仲良くなりました。

じいちゃんは、たまに私を漁に連れて行ってくれ、海のことをいろいろと教えてくれました。ただでさえ、街っ子の私にとっては、キラキラと陽光をはね返す海は珍しいものです。浜辺には珍しいものが打ち上げられます。この土地では、遊び場所に事欠かず、少年時代においては、とても充実したひと時でした。

楽しい期間は続かないもので、どうしたわけか、またまた下関の酒屋兼雑貨屋のオバチャンの家に戻されました。この時、記憶に残っていることは、卒業アルバムのことですね。担任から呼ばれ「卒業アルバムどうするね」と聞かれ、「保護者に相談するように」と言われました。しかし、私は、自分からは相談しませんでした。相談したところで、カネを出してもらえないことは、朝は東から日が昇って、夕方は西に沈むくらい明白なことやったからです。

そのまま、同地で勝山小学校を卒業し、悪名高い勝山中学校に入学しました。まあ、この学校は、以前からの知り合い（特にワル）もいましたので、一般に恐れられているほど居心地は悪くなかったですね。

再び父母の元、小倉へ

中学校にも慣れつつあるかなと思いよったら、実の母親と父親が帰って来て、またまた小倉に逆戻り。学校も小倉の思永《しえい》中学校に転校することとなります。

中学1年のとき、下関の家に居ったら、オバチャンから「あんたのお母さんからよ、電話」って言いながら、いきなし受話器を渡されました。なんか、電話の向こうで、ぐたぐた詫び言を並べとるから、段々と腹立ってきて、こう言うたことは覚えています。

「帰ってこんでいい!」てね。そいで、オバチャンの手に受話器を叩きつけるように返して、隣の部屋に引っ込んだんですよ。

まあ、あとは長々と大人の話していましたね。オバチャンは、なんやら私のことをえらく心配しているようなことを電話口で言いよりました（もちろん、社交辞令ですよ。当事者からしたら、日常的に「余計な者」扱いされていましたから）。オバチャンは、長い電話を終えて「あんた、お父ちゃんも、お母ちゃんも帰って来るんや、良かったやないね」とか、嬉しそうなフリをしていました。

まあ、これは私の本音ですが、帰って来ようが、来んめえが、どうでもよかったですね。当時の気持ちを振り返ってみても、親に対する気持ちは、完全に冷めきっていました。子どもやけん両親の元に帰らないかんというのは分かっていましたが、帰りたいとか、親と会いたい気持ちは、チラとも浮かばんかったですね。

翌日、早速、電車賃握らされて、酒屋から送り出されました。餞別もなし、労いの言葉もなし、何もなしやった。この時、子ども心に分かったことは、「厄介払いして、せいせいした」という、親戚一家の感じですね。

向かったのは、小倉の中心街より少し西寄りの小倉北区日明《ひあがり》という町です。この辺りは、住宅街というより町工場や倉庫が多い地区でした。両親は合流し、親父が勤務する運送会社の家族寮に住んでいました。

両親の元に帰った時も、記憶に残らないほどの出迎えでした。これまでの経緯についての話もなく、私も両親に文句すら言わなかった。こうして再び親子3人の生活が始まったわけですが、以前と異なり部屋は別室やったですね。この家族寮には、かなり空き部屋がありました。家族寮の間取りは2DKほどで、親子3人では狭苦しいですから、私は、両親とは違う部屋をあてがわれました。

学齢期ですから、早速転校手続きをして、登校せないけんわけです。ここで通った思永中学も当時、悪い事では有名な中学校でした。もう、登校途中から喧嘩ですよ。「きさん（貴様）、なんガンつけよんか、コラァ」いう感じですね。気の弱い奴は、下向いて歩かないかんようなところでした。だいたい、通学路がガラの悪い地区ですけん。

ところが、私の場合、そうした輩に囲まれても「殴り合い」の一歩手前で止まるわけですよ。にらみ合いの中で、私も引かないからと思いますが、相手は「こいつ、腰のある（根性の据わった）奴やね」と思うたんやないですか。何回もそうした場面に遭遇しましたが、軽いどつき合い程度で収まる。そして、仲良くなっていくんですね。子どもでも、そうしたニオイのあるとですよ。だから、この転校した思永中にも1カ月くらいで馴染みましたね。

中学校は、ちゃんと登校しましたよ。ちょっと遠かったですから、途中で仲間と合流しながら行くわけです。帰り道は、田町の駄菓子屋にタムロったりしていました。こんな毎日ですから、居心地はよかったし、楽しかった。まあ、先生にはクラされよったですけどね。

この時代、先生は先生、だから仕方ない。幸い、担任は意地の悪いとに当たらんかったですね。3年の時の担任、体育の先生で生活指導担当やったですが、この人は厳しい中にも愛があった。だから、クラされても、腹が立たんやったです。私が、どうしょうもないワルやから、授業中でも、しょっちゅう指導室に連れて行かれてた記憶があります。

もっとも、中学校を皆勤賞もので登校したわけではないですよ。たまにですが、どうしてもカネが無い時は、早起きして戸畑にあった日雇い労働の仕事に行くわけです。私は（身長が）大きい方でしたから、普通に立っとったら、何も言われずにトラックに拾ってもらいよったですね。

昼飯は自前ですが、カネ無いで水でしのぎよったら、他のオッチャンが「兄ちゃん、これ食わんな」とか言うて、弁当おごってくれていましたね。モンモン丸出しでツルハシ振るいよりますが、いい人が結構いました。こういう仕事先は、学校の先輩が道筋を付けてくれているから、簡単に行けるわけです。だから、私らも後輩にバトンタッチするという塩梅でしたね。

ここでの給料は、1日働いて4000円から4500円。カネを手にしたら、アイパー（アイロンパーマ）やパンチ（パーマ）かけに散髪屋に行く。翌日、登校したら、先生に囲まれて即刻坊主頭にされるなんてこともザラだった。でも、懲りずに繰り返しよったですね。

住んどるところが宝の山やったです

運送屋の家族寮って、住宅街の中やのうして倉庫街にあったとです。親とは別だった私の部屋は、即、悪い奴らのたまり場になってました。誰かしら泊まっていた。やる事いうたら、中1の頃からシンナー、タバコ、酒ですよ。いっつも誰かしら7、8人は居った記憶がありますね。家出したら、とりあえず中本ん家、という感じですか。

親も、不良の出入りを気にしない。もっとも、中学になったら、父親は干渉しませんでした。母親は話しかけて来よりましたけど、こっちが相手にしない。親子間の意思の疎通？　そんなものは、なかったですね。

ここに住んでいるとラッキーなことがありました。運送屋でしょう、もう、そこらじゅう宝の山なわけですよ。当時は、現在のようにセコムとか、セキュリティが発達していないから、何でもかんでも盗り放題。

まず、みんな大好物のシンナーが豊富にある。食い物も……たとえば、「レディボーデン」のアイスってあるでしょう？　あれの3ℓ入りの業務用なんかがあるとです。ガメて（盗んで）きて、一人1個食べよった思い出があります。

ほかにもコンポ（オーディオ）。あとは、衣料品ですね、昔流行った「トロイ」のセーターとかポロシャツ、ソックスやらそんなのを箱ごと頂戴してきて、仲間で分ける。余ったものは、学校で売るわけですよ。カネには、基本困らない生活でしたね。今でいう、カラギャン（カラーギャング）やないですけど、定番スタイルのスエットとかも箱ごといただくから、仲間の皆でお揃い着たりしていました。

日雇い労働の仕事は先輩が道筋付けてくれた、と言いましたが、もうひとつ、人生の先輩たちとの交わりがありました。それは、自分の家、運送会社の寮ですね。私のところは家族寮やったですが、同じ敷地に独身者のためのワンルーム寮もありました。引っ越した直後からでしたが、そこに住んでいた人たち――昔は相当ワルやったろうなあという顔つきの兄ちゃんが複数いました。

彼らから、ドライブに連れて行ってもらったり、車やフォークリフトの運転を教えてもらいました。「おい、タバコ買ってきちゃんない」と言われたら、フォークリフトを公道に走らせて買いに行ったりしていました。この兄ちゃんたちといたら、楽しかった。さまざまな人生経験を話してくれたりしたので、勉強になりました。言うたら、「人生の知恵」を学ばせてもらった時期ですね。だから、ここには、様々なモノという宝もありましたが、人生勉強の先輩という宝との出会いもあったですね。

ディスコ・シンナー・自動車窃盗・無免許運転

もちろん、当時は、オシャレしたい時期でしょう。盗品の販売で儲けたカネを握りしめて、街（小倉北区魚町周辺）の「三國屋」で、「クリソー（クリームソーダ）」やら、いわゆるヤンキー・ファッションを揃えるわけです。あと、カネがある時は、ニュートラル・ファッション――「ピア」「ブラックピア」「バレンチノ」とか、ヤクザが着るようなもの買っていましたね。靴は、ベタコンいうて、平底の靴が流行っていました。ブラバスは、その後ぐらいに流行したかな。

この時代は、一般の人の危機意識が薄かったですね。路駐してある車に、キーが刺さったままになっているのが結構ありました。だから、勝手に乗り込んで乗り回す。その後、アシが付いたら面倒なんで、そのまま日明の岸壁から海にダイブさせよったですよ（海底浚ってみたら、かなり沈んでいると思います）。これは、持ち主を困らせちゃろうとか、そういう陰湿・意地悪な意図があったわけじゃなく、遊びの延長みたいなものでした。

もちろん、車の窃盗、無免許でパクられた友人もいました。私自身も、現行犯やないですけど、チンコロされてパクられました。仲間の一人が乗っていてパトに止められた車は、私が調達した車やったからですね。この時は、調書巻かれて、家裁（家庭裁判所）に送致されました。幸い、鑑別（所）送りにはなりませんでしたが、ちょっと危なかったですね。もちろん、チンコロしたヤツは、（裏切り者の）レッテル貼られて、仲間から追放されよりました。これは、仲間を警察に売ったからですね。どんな時も仲間を売らない、チンコロしないというのは、古今東西変わらん不良の鉄則ですから。

私の周りに居る人間が悪い奴ばかりなので、何かあるとすぐに（小倉）北署が家に来るようになりました。当時は、事件なんかしょっちゅうありましたから。まあ、気を付けたのはシンナーですね。中学から高校までの間には、シンナーと無免許で、そうとう補導されています。だから、段々と知恵がついてくる。

警察に止められても、モノを持ってなきゃ現行犯じゃない。何を言われても知らぬ存ぜぬで、通していました。「お前、シンナーしとうやろうが」って言われても、「なんちね、やってねえよ！」って感じですよ。モノ持ってなきゃ、強いですから。運もあると思いますが、相当補導されながら、ギリギリのところで鑑別や年少（少年院）は行かんで済みました。

オシャレする理由は、中学2年くらいからディスコブームになっていたこともあります。この当時のディスコは、まだ、ユーロビートじゃなく、ソウルトレインとかですね。そうした音楽で踊る店は、街に沢山ありました。たとえば、「UFO」「スコーピオン」「ワンダーランド」とかですね。酒、シンナー、タバコ、女、悪いことは大概、やったですね。

そうした盛り場に行くと、喧嘩が付きものなんですよ。小倉の〝ワルそう〟は、ガキながらに顔を売りに来ているんですね。だから、数え切らんくらい喧嘩しました。まあ、それぞれの出身地区や中学のメンツがかかっていますからね。しかし、喧嘩した後は、尾を引かない。すぐにカラッとして仲良くなるのが小倉っ子の喧嘩です。

短い高校生活にさようなら

中学3年になると、労働しておカネを稼ぐことを覚えていましたから、進路指導に呼ばれて「将来は、どうするとか」とか言われても、「就職して働いたがよか、カネになるし」程度の感覚やったですね。早く社会人になりたかった気がします。まあ、当時は職業意識なんてものは無く、建築業かトラック運転手が思いつくくらいのものですよ。そうこうしよったら、親と先生が相談した結果、「高校は行かせよう」ということになったようです。

私としては、明確な将来設計があったわけではないので、高校進学に異議を唱えることはしませんでした。ただ、寂しかったとは、中学の悪友とバラバラになることやったですね。まあ、とりあえず卒業式には、ちゃんと出ましたよ。皆で、刺繍した長いと（長ラン＝丈の長い学ラン）着て行って騒いだですね。

卒業してスグの頃、未だに覚えとる補導があります。同級生の家に、親父の車を転がして迎えに行ったんですよ。そいつを乗してすぐのことやったですが、踏切があった。そこは一旦停止せんといかんのに、しなかった。教習所行って勉強する前だから知らんでしょう。まさか後ろにパトが居るなんか想定もせんかったもんですから、即、停車を求められ、無免許で北署に連れて行かれました。親が呼び出されて、きつく説教されよったのを覚えています。

高校は、常磐高校いう、これも当時は悪い学校でした。行ってみて、「なーんや」いう感じでした。知った顔が結構居ったですからね。北九（州市）は、市役所の前にある市民会館のところに「噴水」の広場があった。あそこに、祭りとかあると悪い連中が集まるんです。それで、「おれがどこそこの（地区の）誰それたい」いうような自己顕示しよるわけですよ。まあ、小さなイザコザはあるけど、言うたら「悪の社交場」みたいなところです。女の子も来ていましたね。そこで知り合った連中が結構いた。

あと、高校には、地元の先輩たちの顔も見えました。だから、心強いし、幅利かせられる。言うたら、北九州独特の仲間意識、地元意識で保護されている感じですよ。ただ、この高校、家からめっちゃ遠いとですよ。途中で、悪友の家に立ち寄ったりしたら、もう行く気がなくなるわけです。

学校は居心地がいいですが、どっちか言うたら地元の友人がいいわけですね。だから、学校はサボってついつい遊んでしまうとですね。

行く気があっても、行けんごとなったのが入学して1カ月。タバコが見つかり「停学」になりました。アタマ、坊主にされて、1週間も自宅謹慎ですよ。そんなに長期間、自宅から出ないなんてことはできんでしょう。そんなわけで、オヤジの自動車を乗り回して遊びよったら、無免許運転の現行犯で補導、見事に「退学」処分ですよ。高校生活はたったの1カ月で終わりました。

当時の補導は、まあ、無免許が多かった。ただ、ヤクザともめたことはないですよ。中学の頃、近くに平松漁港がありましたから、ヤクザっぽい人は多かった。でも、こっちはガキだから、どうということはない。

ガキはガキなりのルールみたいなものがあって、そういうニオイのする車には、手をつけないですしね。もっとも、こっちの運転がメチャクチャですから、ヤクザの車に（無意識に）幅寄せして、「コラ、こんガキャ何しよっとか！」ちゅうて怒られたことはあります。

こっちはこっちで「なんか、きさん！」言うて逃げてましたね——自分がヤクザになるとは、その頃は思ってもなかったですよ。

【北九州とヤクザ】③

川筋気質
——危険を買ってくれる男たち

黒ダイヤと川筋者の町

川筋というのは北九州市を流れる遠賀川沿岸のことです。その流域に生活する人々を「川筋者《かわすじもの》」と言い、その気質は、命知らずの荒々しい男らしさや、義理人情にあつい男伊達などを指して「川筋気質」と呼ばれます。社会学者・岩井弘融は、この川筋気質を次のように解説します。「川筋炭鉱地帯には、この地方の人々が好んで口にし又誇りとしているところの一つの理想的態度、所謂『川筋気質』なるものがある……『何ンちかんち言いなんな。理屈はなかたい。』というのがその態度の適切な表現であるという。要するに、言論無用、腕で来い、といった荒々しい気分であり、……『遠賀堤行きや雁がなく、家じゃ妻子が泣きすがる、喧嘩ばくちですねた身を、川筋男の意気のよさ』」（岩井弘融『病理集団の構造』）

遠賀川は運河を通じて洞海湾に注ぎ込み、近代、北九州の動脈のような働きをしてきました。川筋を指す具体的な地名としては飯塚、田川、直方に代表される筑豊地方です。

筑豊地方の石炭の産地としての歴史は江戸時代に遡ります。明治5年に「鉱山解放令」が発せられて石炭採掘は民間に開放されたため、鉱山師をはじめ、農村旧地主層、旧士族層、漁民層までもが政府に採掘申請を競って願い出ます。採掘権の自由化により当地の産炭量は飛躍的に増加し、以降、この一帯を指して「筑豊炭田」と呼ぶようになります。

明治18年に、遠賀、鞍手、嘉麻、穂波、田川五郡の同業組合が合併し、筑前国豊前国石炭坑業人組合（後の筑豊石炭鉱業組合）が発足した頃からこの地域の旧国名、筑前と豊前の頭文字をとって「筑豊」と呼ぶようになったのです。

筑豊炭田の活性化に伴い、筑豊御三家とも言われる炭鉱財閥、麻生、貝島、安川が勢力を伸ばしました。貝島などは一介の炭鉱夫が良質の石炭を掘り出したことを機に、一大財閥の頭として君臨。貝島財閥は炭鉱労働者の住居を整備し、学校を作って子弟を教育し、病院を建設して自社の炭鉱で働く労働者には無料で検診・治療を行い、価格の変動が激しい米の配給まで行うことで、炭鉱労働力の確保に努めました。

一方、この筑豊炭田には、中央からも三井、三菱、住友、古河などの財閥大手資本が進出しました。明治政府の殖産興業・富国強兵政策や日清・日露戦争による石炭需要の増加を背景に、さまざまな資本が集まり、筑豊地域は日本最大の炭田としての地位を確立させることになったのです（参考：ＮＨＫ教育テレビ『日本　映像の20世紀——福岡県』）。

明治から大正にかけて、日本全国の出炭量のおよそ半数近くが筑豊炭であったといわれています。筑豊は、日本が軍需、工業、生活で必要とする石炭エネルギーを賄う拠点だったのです。

明治22年、筑豊の石炭業者の出資で念願の筑豊興業鉄道会社が設立され、明治24年に若松と直方間の鉄道が開通。明治28～29年に豊州鉄道によって行橋から伊田、後藤寺間の鉄道も開通し、筑豊各地の鉄路は網の目のように順次整備されていきました。

それまで石炭輸送は、筑豊から遠賀川を舟で下って人力で河口にある洞海湾の積出港まで運ばれました。ここで活躍した輸送舟が川艜舟（別名、五平太船、川舟とも呼ぶ）という一人乗りの平底石炭輸送船です。最盛期の明治20年代の遠賀川にはこの川艜舟が９０００艘ほど稼働していたといわれています（筑豊千人会『筑豊原色図鑑——筑豊を知ることは日本を知ることになる！』）。

世紀の変わり目は「ご安全に」

明治34年2月5日、官営八幡製鉄所の東田第一高炉に火が入りました。日清戦争で得た賠償金を元手に、およそ3年半の歳月と、のべ１５０万人の労力が注ぎ込まれた日本初の近代製鉄所の誕生です。同年11月に開催された作業開始式には、東京などからも多くの来賓が参列したと記録されています。（参考：ＮＨＫ教育テレビ『日本　映像の20世紀——福岡県』）。八幡村（現・北九州市八幡東区）が選ばれたのは、軍事防衛上の理由、あるいは、石炭の安定供給、原材料入手の利便性などが挙げられており、特に八幡の南に位置する筑豊炭田から石炭を大量・迅速に調達できる地理的なメリットが大きかったのです。

現在、職場では「おつかれさま」という挨拶が一般的ですが、当時、製鉄所内では「ご安全に」という挨拶が交わされていたとのこと（葉月けめこ『北九州の逆襲』）。鉄の男と呼ばれた職工たちは休みがなく、三交代制で鉄を作り続けました。溶解した高温の鉄が飛び散り、炉の近くは肌が焼けるほどの高温ですから危険極まりない職場です。彼らの間で交わされる挨拶が「ご安全に」というのも素直に頷けます。

大正14年、八幡製鉄所が制作した記録映画によると、明治から大正まで、全国の半数以上の鉄をここで生産していました。鉄道、港、橋、インフラ整備には鉄を必要とします。軍艦や大砲などの兵器を作るためにも鉄は不可欠です。大正以降も、八幡製鉄所は、鉄の需給という国家の課題を背負って生産を拡大させていきました。

この産業を支えたのは、さまざまな肉体労働に従事した労働者たちでした。炭鉱で石炭を掘る坑内労働者、その輸送に従事する川艜舟の船頭、炭塵にまみれて停泊中の貨物船に石炭を積み込むゴンゾウ（石炭沖仲仕）。いずれも過酷な労働です。「沖のゴンゾウが人間ならば蝶々とんぼも鳥のうち」と謳われ、坑内労働者や港湾荷役のゴンゾウは人間扱いされませんでした。天皇陛下が来福した折、「ゴンゾウとはどういう生き物か」と側近にお尋ねになったことは、現代までもユーモアを交えて口伝されています。

こうした雇用に応じるべく、さまざまな地域から労働者が集まります。彼らは家を借り、飲食や娯楽を求めますから北九州は労働者の街として大きく発展していきました。明治期の人口が、僅か2800人ほどの寒村であった八幡は、大正半ばには10万人を超える町へと生まれ変わりました。

現在72歳の魚町商店街のダンナ衆[4]の一人、Aさんは、次のように語ってくれました。

「北九州にゃ炭鉱ちゅうカネづるがあった。明治にでけた国策の企業で若築建設（現存）ちゅうのがあるっちゃけど、ここは港湾整備や荷役も握っとった。共働組も聯合組（火野葦平『花と龍』に出て来る沖仲仕の同業組合）も、ここの下請けちゅうわけよ。炭鉱いうたら、筑豊の地面さえ掘りゃあ、石炭の出よった。そげな石炭は質の悪い、炭団[5]しかならんような泥炭やけん、掘ってもつまらん。深く掘ることで良質の石炭が採れる。だけん、掘るとも命がけたい。型枠工（坑内の補強工事をする人）もトロッコ（作業員）も、坑夫も、明日ん命は保障されとらんたい。

そん人達は『炭住街《たんじゅうがい》』ちゅう長屋に住んどいて、働いたカネは貯めたりせんと、すぐに使う。酒、女、バクチ、そこそこイイ給料貰うても、そんなんに消えるたい。そん頃から北九州はバクチのメッカになったちゃないか。魚捕り（漁師）も坑夫も一緒たい。いつ死ぬか分からん。女、バクチにカネをつぎ込むとも分かるたい。だけん、ストリップのあろうが、あらあ、田川発祥たいね。戦前

4　ダンナ衆というのは、商店街の店主を指す。「彼らはカネのネタを持っとる。たとえば、稼業で回収できん焦げつき（カネ）があるとする。この回収はヤクザに頼む。もめ事があったら、裁判よりもヤクザという方法が早かった。10年前くらいまでは、ここ（小倉）ではこの方法が主流やった。ヤクザも人に良くして金を取る。カタギもヤクザも、持ちつ持たれつやったたいね。ダンナ衆は、ヤクザの開帳する賭場にも顔を出すけん、そこでんカネの回るとたいね。いま、もう賭場はやっていけんごとなってしもうたよ」（商店街のダンナ衆Aさん談）

5　家庭で用いる固形燃料のこと。当時の炬燵や火鉢に用いられた。

戦後は『額縁ショー』言うて、当局の手入れば逃れよったらしい。おなごが裸で額縁持ってショーばしよるたいね。手に額縁持っとうけん、芸術いう名目たい。そげな始まりやけん、他県のストリップ小屋主も北九州の人間の多いたいね。

話の脱線してしもうたな……筑豊の炭住街に住んどる住人ば管理すると（人）が居るったい。なしかて、炭鉱夫が逃げんごったいね。炭鉱は人手が、足らん。あと、バンスの入っとうと（借金を負い、働いて返す人）が居る。この番人の元締めが親分、ヤクザたいね」

「ごーめんなんし、仁義でごンす」

八幡製鉄所が稼働してからというもの、石炭と近代産業の街・八幡の近隣の町はにわかに活況を呈し、新興の商店や会社が次々に開業して、多様な雇用が生まれて新興都市が誕生します。その最たる例が流通の拠点であった若松です。筑豊の炭鉱から川艜舟によって石炭が数限りなく運び込まれ、それを若松港に停泊する貨物船に積み込むゴンゾウの作業は多忙を極めました。石炭の増産とともに港湾施設は拡張されて湾岸工事はそこかしこで発生し、インフラ整備の土建ラッシュも生じます。八幡製鉄所も次第に大きく増築され、溶鉱炉の数も増えていきました。雇用が人を呼び、人がさらに別の雇用を呼ぶ現象が生じた若松黄金時代の到来です。

しかし一方で、そこで働くのは他所から流入してきた流民労働者であったからトラブルも頻発したようです。何より、人とカネの集まる場所の常として利権が生まれ、縄張りが生じました。こうした利権や縄張りを巡って、血なまぐさい刃傷沙汰を交えながら、新興都市は膨張し続けて行ったのです。

この町の様子を、猪野健治『侠客の条件』から引用してみると「新興都市特有の利権がらみのにらみあいで、若松の町には殺伐とした空気が流れた。そんなうちにも、商店や会社がぞくぞくと店を開いた……それと並行して、無頼の徒によるゆすり、たかりが横行し、……門口に立つや『ごーめんなんし、仁義でごンす』などと大声をはりあげた。いずれ劣らぬ面構えで、サラシ腹巻きの上にはシャツ代わりの刺青の竜が火を吐き、客がこわがって逃げ出さないうちに、なにがしかのにぎり銭を包んで引きとってもらうというしかけであった。……完全な親分子分でつながっていて、へたに手を出すと、それに倍する反撃をくらった。だれかがその横行を抑え、若松の暴力地図を安定させる必要があった……この時代、若松では、警察よりも親分子分組織のほうがはるかに力をもっていた。……ましてそれらが資本主義日本の『戦闘的担い手』であってみれば、これをつぶすなど思いもよらなかった。その内側に組み込まれた一般庶民の間にも『任侠の気風』が浸透していた。彼らは親分子分組織の掃討を求めたのではなく、『目の前のゴミ』を掃除し、『万事うまくやってくれること』を」誰かに望んだに過ぎず、警察など官憲の出る幕ではなかったのです。

無法には力を以て対抗する。よそ者の無法には地元住民が一丸となって対処する。民衆はこの治安維持の方法を自らの意思で選択しました。見返りを求められても、「危険を買ってくれる」男たちの存在が、こうして人々の間に深く根ざしていくことになります。

第四章　離脱

絶滅危惧種になった古い刑事と古いヤクザ

話は出所後に戻ります。

私の気持ちがモヤモヤしていた頃は、周りでは（ヤクザを）辞めたいという人間も出てきた時期です。理由は、警察の締め付けが厳しくなり、シノげないから。

警察が厳しくなった、というのはちょっと言葉が足らんですね。平成23年から24年の時期は、全国から警察官が集結し、混成チームが集団で小倉の街を警邏するという日常でした。私も、動くたびに職質された。1日に6回も職質されたことがありました。

事務所から一歩出た途端に警官が集まって来る。もちろん、令状などはなし。「どこ行くのですか」と質問攻め。本当にうっとうしい思いをしました。いまはYouTubeにも当時の動画が挙がっているらしいですが、こんなやり取りが何度も繰り返されました。

「今から、どこに行くんですか」

「お前ね、人にモノ聞くなら名を名乗れっちゃ」

「名前は言えません」

「手帳持っとるやろが、見せろ……チラッとや分からん……おまえ、それドンキ（ホーテ）から買うてきたニセモンかもしれんやろ。名前と住所言え」

「言う必要はない」

「じゃ、おれも言う必要ないの」

「協力してください」

「そんな必要ないやろ……お前、コスプレ警官やの。俺もそういう対応しかせんけの」

——こういうやり取りが、7~8人の警官に囲まれて延々と1時間ぐらい繰り返されるわけですよ。いいかげん我慢も限界に達すること、分かってくれます？

終いには「もう、コスプレ警官には何も話さんわい。（八幡）西署の人間呼んで来い」というと、所轄署の馴染みの刑事が出て来て「中本さん」と声をかける。明らかにバツの悪そうな顔をしています。

「こん人ら、よう教育しとき。余りに出来が悪いけね」

これで、大体、収まるわけです。

所轄署の人間はある程度話が分かる。分かるから強引さに欠ける。だから県警は、外部から応援を呼んでくるという図式やったとでしょう。

この時期は、オールジャパンチームで工藤會を潰そうとしていましたから、強引さは不可欠なわけです。ガサ（家宅捜索）の入れ方も半端ない。令状も憶測で書かれたような、しょーもない代物。いうたら、嫌がらせのガサでしたね。

所轄署の刑事もウンザリしていましたが、付き合わないわけにいかない。我々も、同情を禁じ得ないほどでした。彼らとは、刑事とはいえ、長年にわたり（限度はあるが）人間同士の付き合いができてきた。しかし、この時の風潮を受け、そんな段階ではなくなったわけです。もう、古い型の刑事で、信用できる人間も少なかった頃ですしね。ヤクザで生きていきにくさも日々、肌で感じていましたよ。

もっとも、それを言うなら、古い型のヤクザも絶滅危惧種になった。いまは、平気でカタギを傷つける人もいますが、そうなると「暴力」団と言われても仕方ないですね。私たちがヤクザをやっていた時には、カタギを傷つけることはまず無かった。まあ、ゼロとは言いませんが、余程のことがないとしない。

さらに、するとしても分からないように手を下すし、それなりの方法を採るわけです。

たとえば、直接手をかけんでも「怖い」と思わせれば良いわけです。無言の威圧で済ますことで事足りました。

強烈な無言の威圧、といえば溝下総裁――湯布院の別荘でのことでした。

その日、私は休みでしたから、溝下総裁の別荘に自分の車で行きました。現地に着いて総裁の車があったから、その真後ろに車を駐車していますと、総裁から「おい、これ、タカシ、お前の車か？……燃やすぞ……」と言われた。溝下総裁は、一旦口に出したら本当にやりかねん人でしたから、私は、恐ろしくなってすぐに車を移動しました。この「本当にやりかねん」と、相手に感じさせることが無言の威圧なんですよ。

でも私たちにとっては恐ろしい総裁でしたが、カタギに迷惑をかけることをとても嫌っていました。こういうことがあったのを覚えています。

溝下総裁は癌でしたので、誰から聞いたか「アロエが癌に効く」ということで、その刺身を食べていました。ある日、当番に「おい、アロエを持って来い」と指示されました。その場で、私はたまたま横に居合わせたので、この指示は私も含まれているなと、悟りました。私が本家当番時代に散々経験した例の「試し」（自分で考えて動けるか、どう動くか）ですね。しかし、アロエはそうそう売っているものではありません。すぐに任務遂行するには、どこからか失敬するしかないと私たちは考えました。

アロエには、肉厚なモノから細い葉っぱがやたらと茂っているモノまで種類がいろいろある。私が探したのは、肉厚な一本モノが取れるアロエ。こら高級やろうなというアロエの鉢植えを盗ってきました。

それを見た姐さんが「まあ、立派なアロエ」とほめたもんですから、「もういい」という素振りで総裁が「お前ら、それどっから盗ってきたんか」と尋ねました。仕方なしに「どこどこの庭先から……ちょっと拝借して」と、言葉を濁しますと、「カタギの方に迷惑かけて……お前ら、それ返してこい」と言います。総裁からすると、この時の当番が任務を遂行したことはよしとする。ただ、カタギに迷惑かけてまで任務を果たさんでもいいということやったですね。

当番がアロエの鉢をもって返しに行きましたから、私も首尾を確認しに行きました。「こするとその当番は、アロエの鉢を、持ち主の家の塀の外に置いてきていました。「この家の人は、アロエの鉢が盗まれとるのを気づいとるかいな。もし、気づいておらんとして、これ見たらどげん思うやろうか」と考えた私は、それを、こっそり塀の中に戻しました。

これが溝下総裁の教育です。一つ一つバカらしいと思うようなことでも試されている。その時は死にもの狂いで任務遂行しないといかんですが、そこにはルールがある。「カタギに迷惑をかけない」というのもそうですね。

私が出所してからも、どうもカタギを傷つける事件を耳にするようになりました。このことが、まず、工藤會の内部で感情不一致を生んだと思います。組織の方針だから口は出せないし、異議を唱えることはできない。しかし、「カタギを傷つける事件は、ヤクザの本質から外れとるんじゃないか」という自問はしたし、自分なりに落としどころを見出そうと苦労しましたが、どうも納得ができない。それは、口にはしないものの他の人間も同様やったと思います。

こうした會の中の感情の不一致感に加え、自分らをすでに「愛すべきヤクザ」とは見なくなってきた世相があり、日々が以前のようにしっくりこなくなった。シノギが厳しいからカネがない。それは、もともと貧乏だったから気にならないですよ。ヤクザは稼ぐための手段ではなく、私からしたら生き方やった。辛抱や我慢は溝下さんから学んだ。貧乏しながらもイイ格好するのが、私の考える「愛すべきヤクザ」なわけですよ。だから、刑務所を出てから工藤會に所属した3年ぐらいの間は、こうした点で悩み、ひとり呻吟する日々でした。

ヤクザとの訣別を決めた瞬間

元々、私が在籍していた津川組という組織は、事務所を同じ傘下の末松組、一柳組と同じビルに構えていました。このビルを建てたのは末松（克二美）組長で、いわゆるオーナーやったわけです。末松親分は、木村親分に親孝行のつもりでこのビルを建てたんやと思います。私が出所した当時は、もう、一柳親分も引退しており、末松組は解体していましたから、津川の事務所しか残っておらんやったですね。

少し、話が遡りますが、ある事件で末松親分が懲役に行くことになり、末松組は解体し、ここの組員は津川組に吸収されました。以前、うちの親分（津川組木村親分）と末松の親分との間に行き違いが生じて、気まずくなっていた。懲役から帰って来た末松親分は、若い衆を持たないひとり組長となりましたが、以前のまま、四代目工藤會野村会長の直参でした。

私が出所してからのことですが、末松親分は齢を重ね体力が落ちておられたようで、バイク事故を起こして亡くなりました。そうなると、大きな遺物、厄介な遺物が残ることになったわけです。それが、事務所が入る建物です。名義は末松親分ですから、その身内に権利があるわけです。

この時、私は、津川組の組織委員長をしていましたから、何とか対処しないといけない。このままダンマリで居座るわけにもいきません。一方、警察も、末松親分の遺族に対してヤクザに貸すな、売るなと圧力をかけてきていましたから、話は一筋縄ではいかんわけです。

津川の木村親分からも、話をつけてこいと言われたから、私は無理なことは承知しながら、末松組の頭だった津川組の若頭と一緒に、末松親分の遺族の家を訪ねました。話し合いの場で、私としては、やっぱり無理なお願いしていることは分かるから、心苦しいものがありました。先方は、会話を録音していましたね。まあ、そこまでは良かった。ただ、前にも進めない、後ろにも引けない状態で（若）頭とは「どうしょうか」と、話し合いを進めながら二人でアタマを痛めていました。

実はその間——これは後に知ったことですが——木村親分も末松親分の遺族の家に電話して、高齢のお父さんと話をしていた。これがマズかった。しっかり録音されており、恐喝未遂事件になったわけです。末松邸に話しに行った私らも逮捕。こっちは木村親分に行けと言われて行っているのにタマランなあと思いながらも、素直に小倉北署に連行されました。

親分、（若）頭、私と、3人とも調書を取られました。そもそも、その時点ではこっちは木村親分が末松親分の遺族に電話したことを知らんわけですよ。これでは、話を合わせようがない。すると木村親分が雇った弁護士からは「お前、何でそういう風に言ったんか。親分はこげん言いよるとぞ」と言われる。

一方、私と一緒に末松邸に行った（若）頭は、私を庇う。私は（若）頭を庇う。さすがに刑事も、まどろっこしくなったようで、「お前らの庇い合いはどうでもいい。問題はそこやないんぞ」と言い、「大体、お前らの発言は録音されているから、どげん庇い合うても、話の食い違いは一目瞭然なんや」と畳みかけてくるわけですよ。

親分の主張は、(若) 頭や私にそうした指示 (末松親分の遺族との話し合い) はしていないということだった。それはそれで良かった。子が親の盾になるんは、ヤクザとして当たり前のこと。だから、私らは必死で親分に累が及ばんように頑張った。

しかし、これまでに積み重なっていたこともあり……ある時突然、気持ちがブチ切れた (そもそも、実行部隊の我々に断らず電話して録音され、ヘタを打ったのは親分やないですか)。こっちは、親分の指示で最前線に立っている。

今回は言ってみれば小さな事件なんですよ。親分なら、担当刑事に「あいつらの刑は軽くしてやってくれ、おれが責任とる」ぐらいの腹を持って欲しかった。會の要職に就いており、総裁、会長、理事長不在のなか (平成26年三者とも逮捕)、早く出なければという気持ちは分かるにせよ、自分の組を大事にせん姿勢。「そんな組織は、おれの憧れたヤクザやない」と考え、気持ちが冷めたわけです。

この時、不思議なことに (若) 頭も、ほぼ同時に切れたようです。お互いが同じタイミングで破れた。気持ちよかった。「やめた、やめた」と決心した瞬間、心が軽くなりましたね。だから、私は「取り調べ検事を呼んでくれ」と看守に声をかけました。

この検事とは、検事調べで調書を作成する担当者。厳しいながらも何かしらの人間関係は構築できていたんやないかと思います。で、検事に「組織を離脱します」と伝えました。すると、検事は、ちょっと考え、「お前が出した答えが正解かどうかは分からんが……間違っていないかもしれんな」と言いました。この「間違っていないかもしれんな」と言った言葉に、私はとても好感を持った。

そして、正直に話をして検事調書を巻いてもらいました。「もう辞めるんや。終わったんや」と思うと、心の底から楽になった。煮え切らん思いは無くなったから、大きな肩の荷を下ろした気持ちになりましたね。

後日談ですが、この時の担当検事の上司の方は、うどん屋に来てくれ、「今は、北九州市民のひとりとして、貴方を応援するからね」と励ましてくれる。担当検事も異動で赴任した熊本から、わざわざ食べに来てくれました。こうした気遣いは、やはり嬉しいですよ。私としては、辞めて正解やったと思います。

ケジメとしての赤落ち

警察が取り調べで巻く調書というものは、検事調書からしたらどうでもいいレベル。検事調書こそが大事であり、裁判の帰趨を決めるものです。この検事調書を作るにあたっては、普通、警察署内、または検察庁で2回程度、検事の調べを受けるものですが、私の場合は、検事が自ら連日警察署に足を運び、合計したら7~8回は取り調べをするという念の入れようだった。もちろん、組織離脱を表明した後、私は、この取り調べに正直に応じたし、ありのママを話しました。

私が思うのは、前にも言ったように、組は子があって持っているということです。その組が集まって工藤會という大きな組織が成り立っているのだから、自分の組をないがしろにする親分への義理立ては感じられなくなっていた。もっとも、そうした気持ちになったのは、今回のことに限らず、これまで積み重なってきた、親分の態度への違和感も少なからずありました。だから、失望し、拘りを無くし、「もう辞めるんや。終わったんや」という決断に至ったんです。

結果、私は警察署に勾留されている間に、組の脱退届を提出しました。刑事がそれを持って行き、別の署にいた木村親分は、「中本の津川組脱退に異議を唱えない」という一筆を添えて、その脱退届に捺印しましたから、警察で受理されました。

この簡単な手続きで、私は長いヤクザ生活に終止符を打つことになったのです。もっとも、今回の刑期を終え、シャバに出てからどうなるのか——そうした心配はあったものの、これまで死ぬ気でヤクザをやってきた俺だから、今度は死ぬ気でカタギをやればいいという覚悟はありました。そこに一切の迷いは無かったですね。

拘置所に移送され、裁判を受け、今回は諫早にあるB級の長崎刑務所に送られました。判決は懲役2年。私が48歳の時（平成26年）です。この刑期については、ヤクザを脱退したから軽くなるなどということは無かったけど、私は妥当なものと受け止めました。

ただ、赤落ちするとき、今回はカタギで刑期を務めるから、務め方も考えないといかんという思いはありました。かつて（熊本刑務所～佐世保刑務所）は、Gマークが付いていたから工場の纏め役や人と関わる必要はイヤでも生じたが、今回は誰とも交わらんと心に決めていました。ただ、粛々と刑期を終わらせるという決意で刑務所の門を潜りました。

ところが、私がカタギとして務めても、他の受刑者からしたら看板は見えるようで、寄ってくる人間もいました。しかし、私は、一切の人と距離を置くようにしていました。もっとも、「克己復礼」という以前の刑期中に醸成された行動様式は変わらない。カタギか看板があるかという違いだけです。

刑務所に落ちてから、早々に願箋（受刑者が希望を願い出る書面）を書き、独居を希望しました。理由は「静かに勉強に専念したい」というものです。B刑務所は、LBと異なり（独居が空く）サイクルが早かったため、2カ月ほどで雑居から転房となりました。この時も、狭い一室で本を読む日々を送りました。

シャバに出て何をするか……当時は、こればかりを考えていた気がします。武士道の心得『葉隠《はがくれ》』（奈良本辰也　知的生きかた文庫・三笠書房）を常に手元に置きながら、ほかに起業の本も読みました。当時は、昔やったことのあるバーを念頭に置いていたこともあり、カクテルの種類を解説している本や、店舗の内装の本などを取り寄せていました。

この刑務所で、日中に勤める工場はモタ工（もたもた工場＝単純作業をする工場）やったです。ここでは、牡蠣の殻に穴を空けて紐でつなげる作業をしました。何でも、海苔の養殖で使うものらしいのですが、単調極まりない仕事でした。ただ、仕事があれば時間が潰れる。佐世保の時のように、紐を結んで解いて、よりはマシやったですね。

刑務所内暴力団離脱指導とまさかの仮釈

警察署で脱退届を提出・受理されても、刑務所は管轄省庁が違う（法務省）から、ここでも新たに「脱退誓約書」を書いて離脱指導を受けなければならなかった。この離脱指導は月に2、3回開講され、1回あたり2時間程度を半年間受講する必要があります。内容は、特筆するようなものはなく、暴力追放運動推進センター（暴追センター）の職員などがやって来て、当たり前のことを講習したりしていました。

ただ、元暴5年条項については、ハッキリと言及していました。Gマークが外れたところで、元暴でありヤクザと同じような扱いを受けること。「辞めても5年間は、不利益を被るぞ」と、度々言われていた。だから「刑務所を出所したら、まず（暴追）センターに行って就職しろ」と宣伝していました。

警察署にいる社会復帰アドバイザーの就労支援を受けなさいという指導もあり、「こういう仕事があるぞ」と一覧表を見せられましたが、そこに登録されている事業者を見ても、こりゃあ警察にいい顔したい点数稼ぎやろうとしか思えなかった。

面接では、穏便に「それは、出てから考えます。出たら、ハローワークに行きます」と明言はしました。これを言わないと講習は終了しないことになっていましたから。しかし、塀の中にいる私たちにも、何となく外の事情は分かるから、「(ハローワークに)行ってどうなるんや」ぐらいにしか思えなかった。

結局、刑期が終わる4、5カ月前ぐらいですか、「告知」といい、処遇担当がGマークが外れたことを知らせに来ました。この「告知」が来てから初めて仮釈放審査の対象となるわけですが、こっちはそんなモノ、端から当てにしていません。

それよりも、本当にGマークが外れたタイミングはいつなのか、つまり元暴5年条項の社会的制約のスタートは、警察署で「脱退届を受理」された時か、それとも、刑務所で離脱指導を終え「告知」された時なのか、その点を知りたかった。しかし、未だにこの答えは出ていません。この部分は、誰に聞いても曖昧です。

暴力団離脱の告知を得、刑期も残り数カ月となったある日、刑務官に呼び出されて、仮釈放の「仮面(仮面接)」に連れて行かれました。私は、元ヤクザでしたから、「満期」が当然と思っておりましたので、正直、ビックリしたものの、特に期待はしていませんでした。

しかし、間を置かず「本面(本面接)」があり、北九州から諫早まで足を運んでくれた保護司の方から「中本さんのカタギになって頑張るという言葉の本気度は、面接したなかでしっかりと伝わってきた」と言われました。幸い、私には、出所後の帰住地があり、この本面後に、1カ月の仮釈放がもらえることとなりました。

　この時、私は、シャバに出てからの不安の中にかすかな希望が芽生えたことを覚えています。「世間を騒がせている工藤會、そこにいた俺みたいな者でも、ちゃんと手順を踏めば、もらえるものはもらえるんやな。刑務所側も、真面目にしている人には、ちゃんと報いてやらないかんという気持ちがあるんやね」と。

　見ていてくれる人は、必ずいるということを、この時に知り、少し嬉しくなったことを記憶しています。

出迎えのない出所とシャバの荒波

今回は、佐世保の時とは異なり、出迎えも何もない出所でした。私は50歳（平成28年）。前の刑期と併せると11年になります。人生を、随分と塀の中で過ごしたものです。刑務所を出ると、その日のうちに所轄の保護観察所に出頭しないといけないので、ちょっと慌ただしく小倉に帰ってきました。

　小倉北署の近くにある観察所に出向き、「出てきました」と伝えると、担当官から「これからどうするのですか……保護司を紹介しますから、細かいことは、相談して下さい」と言われました。ここでも、形式上の約束としてハローワークに行くと言う必要があります。だから、私も型通りに最寄りのハロワに行くと言いました。

元暴の人は、ハロワも一般とは別の窓口が用意されています。担当は、就職先として、すぐに県外を勧めてきました。理由は「県内にいたら、騒がしいことが起きるんじゃないですか」ということでしたね。

さらに、「県内でも紹介できる先はいっぱいありますよ。むろん、面接にも行っていただける。その時は、過去を隠して行ってもいいでしょう。でも、隠して面接を受けました、採用されました……その挙句に、後々、元暴だったと分かったらどうしますか。解雇されるかもしれませんよ。じゃあ、分かった上で雇ってくれるところか、過去が分からない県外がベストな選択じゃあないですか」と、またまた県外を熱心に勧めるわけです。

私は、ヤクザも地元で頑張った。カタギも地元で頑張りたいと誓っていた。だから、元ヤクザは厄介払いという姿勢のハロワには、一回しか行っていません。

かといって、妙案があるわけでもなかった。刑務所の中では、昔取った杵柄でバーを始めようかと考えていましたが、「待てよ、小倉で夜の店とかしよったら、組に刺激を与えかねんな。まだ、時期尚早か……」ということに思い至り、この計画は断念しました。毎日「どうしようか、どうしようか」と悩み続けました。

もっとも、昔のグレーな伝手《つて》をたどれば、建設業界で働く事はできたのかも知れないが、その方面との過去の関係は、一切、断ち切ると決めていたので、頼ることは念頭にありませんでした。

そんな折、地元の知人からの電話で、「地場大手の運送会社の社長が会いたいと言っている。どうするか」という連絡がありました。私は、その運送会社の名前も知っていましたから、快諾して、早速、社長に会いに行きました。

社長いわく、「中本さん、いま、仕事を探しているそうですね。もし、よければウチで働いてもらいたいのですが」とのこと。私は、若い頃、トラックで九州一円に野菜を運ぶ仕事をしていたので喜んで引き受けようと思い、「よろしくお願いします」と返事をしました。すると、「いえ、何も、中本さんにトラックを運転して荷運びをしてもらいたいのじゃあないんです。あなたのこれまでの経験を活かしてほしい。たとえば、ドライバーの教育係などしてくれたら助かるのだが」ということでした。

それなら、なおさら大いに有難いことですから、「そのように私を買ってくれて、ありがとうございます。私でお役に立つなら使って下さい。頑張ります」と、頭を下げました。

社長は、その場で月給も提示し、30万円でということでした。私としては、思ってもいないチャンスをいただいたことで「よし、ここからカタギの生活をスタートしよう。

一から頑張ろう」と、決意を新たに会社の門を後にしました。

ところが、世の中――というより、「元暴5年条項」はそんなに甘いものじゃあありませんでした。社長との面談から1週間後、仲介してくれた知人から電話がありました。いわく、今回の話を白紙に戻したいということでした。

その知人は申し訳なさそうに言いました。

「社長から電話があって、何でも、会社の役員に県警の天下りが居ってね、その某が猛烈に反対したらしい。社長も頑張ったけど、折れんやったらしい。くれぐれも、すいませんと伝えてくれちゅうことやった」

私は、「なるほど、警察官ＯＢの天下りがそこに居ったんならしょうがない。今回の件で救われたんは、社長が俺を認めてくれたことや……でも、今の日本は、自分たちを受け入れてくれん社会なんや」と考え、納得しました。誰を恨んでも仕方ない。天下りの警察官ＯＢにすら腹は立ちませんでした。社会の風潮なんだから仕方ないと思うしかなかった――。

また、振り出しに戻ったわけです。

ベトナムでビジネス構想を練る

さて、どうしょうか……と、考えあぐねているところで、またまた知人の紹介でU社長という人物が現れました。私は彼を知りませんでしたが、先方は私を知っていたそうです。歳は私より若いが、なかなかのやり手と聞き、じっくりと彼の話を聞いてみました。

ひとしきり話をしてみて、自分が気に入られたのか、先の運送会社の社長のように自分に何か任せてくれるつもりなのか疑心暗鬼でいると、U社長は、えらく寛大な提案をしました。「私は外国でもビジネスをしていて、ベトナムにある案件があります。これを手伝う傍ら、海外を見てきませんか」と。

さらによくよく聞いてみると、U社長は、ベトナム・ホーチミン市の中心部でスポーツバーを共同経営しているとのこと。夜は酒を出すが、昼間はカフェになるところで、ビルの2階から4階の権利を持っているということでした。共同経営者は同じ九州出身の人物だが、最近、業績が低迷しているので、私に切り盛りして立て直しを図って欲しいという趣旨でした。

普通の人は、いざ海外で生活するとなると躊躇うかもしれませんが、私はというと、何も拘るようなものはなかったから、すぐに身軽に現地へ向かいました。

現地に到着してビックリしましたが、このカフェがあるところは、ホーチミン市内でも中心街の1区にあり、大都会のど真ん中。真ん前には、広大なベンタイン市場が広がっていました。この市場は、まるで商店のジャングルとでもいうべきものです。だから、人も多い。バイクが走り回る。それは東京よりもエネルギッシュな街やという印象を持ちました。

この場所にしばらく滞在し、連日、スポーツバーに通い詰めた中で、段々と見えてきたことがあります。それは、この場所には不似合いなビジネスであるということ。たとえば築地市場に向かい合う晴海通りにスポーツバーを出して客が来るかというような話ですね。こうした店を出すなら、もう少し若者が多いアングラな土地の方が良いという判断に至りました。

ちょうど、この時期、私は、ベンタイン市場で手広くビジネスを行っていたタンという人物と知り合いました。彼は、この市場に7店舗ほどを展開しており、外国人や旅行者相手に相場より高値な商売をしていたようです。なぜか彼とはすぐに打ち解けて、まるで私を兄のように慕ってくれるようになりました。

終いには、「ホテルに泊まると高くつくから、俺の家に住めよ」と言ってくれ、彼の家に寝泊まりし、そこに同居する家族と一緒に飯も食べるようになりました。ちょっとしたホームステイのような感覚ですか。彼は、バイクに私を乗せて、いろんな場所に連れて行ってくれました。

目覚ましく発展するホーチミン市を目の当たりにし、情報を集めてみると景気がいいのは質屋であることに気づきました。このことをタンに話すと、「じゃあ、質屋を調べよう」ということになり、数カ月間、質屋の市場調査を行い、調べ上げた。

バイク社会ベトナムでは、バイクと、爆発的に普及した携帯端末を質草にする人が多く、更に、そのまま質流れしてしまう率が70％ぐらいと高いのです。手数料を含めると、金利が月に2割ほどと高いから、平均月収が2〜3万の生活をしている人たちは、質入れしたら利息が嵩んで出せないんですね。

金貸しも法定金利が定まっておらず、グレーゾーン。とはいえ、こちらも、だいたい月に20％ぐらいというのが相場でした。これ以上取ると、地元を牛耳るベトナム版ヤクザとトラブルになる。だから、質屋の金利も街金の金利も、おおむね20％。「こら、質流れが面白いビジネスになる」と、タンと話し合いました。質流れ品は、地元有力店にコネを持つ、タンのネットワークで捌けると彼も踏んだのだと思います。私は、大きく発展するベトナムの現在、この過渡期にビジネスチャンスがあると見ました。

何より心強かったのは、ホーチミンの人たちはとても親日なのです。信号無視して道を横断している日本人にバイクをぶつけようものなら、市場の人が集まって来て、可哀そうに運転手が「お前が悪い」と非難されるほどでした。

早速、ＪＩＣＡ（独立行政法人国際協力機構。開発途上国への国際協力を行う）や役所に足を運んでいろいろと関税の事など聞きまわりました。その結果、社会主義の国の例に漏れず、税金が破格に高いことが分かりました。質流れ品を商品にするにはレストアが必要ですが、日本からバイクの部品などを輸入したら、関税が40％くらい加算される。これは、近隣から仕入れるしかないなとか、先々のことを見越して検討を加え、バイク、携帯、そして土産物を扱う、質屋と質流れ専門店の会社登記の具体的な準備に取りかかりました。

当初の任務であった現地の経営状況や実状の報告を済ませてから、赤字経営のスポーツバーは立て直すよりキッパリ止めて、この新しい商売で行こう、と日本のU社長にも打診しました。

信用できないのは同国人と知る

すると、困ったことに、U社長はスポーツバーの共同経営者の日本人を信用できないから、同じ場所で事業を大きく転換することに懸念があると言い出しました。さらに、実は共同経営している物件の投資資金を回収したいという意向を伝えてきたのです。

私としては、新たなビジネスの市場をタンや彼の仲間と調べ尽くし、バランスシートまで作っていたから、残念でなりませんでしたが、金主が、これ以上共同経営者と一緒にビジネスをするのは不安だと言うのだから仕方ありません。

経営状況の報告を聞いて、U社長が「出資金を回収して、共同経営の日本人とは縁を切りたい」というのも、この日本人を見ていると納得できました。同国人として恥ずかしくなるほど、とにかく横着者。共同経営者とは名ばかりでたいした仕事もしておらず、そのくせ、自分が経営者と言わんばかりに好き放題やり放題なのです。

彼が別に経営するホテルに泊まっている時、「今後のことについて部屋で話したい」と伝えると、「いま、女の子を二人相手しているから、忙しい」と不機嫌に言われました。私も、それまで彼のいい加減さに何とか我慢してきましたが、これで完全にアタマに来た。「直ぐに部屋まで来てくれ。来ないんなら、こっちから行く」と電話で伝えると、彼は渋々やって来ました。

いくら話し合っても埒があかないので、「あなたね、経営者気取る前に、人として男として失格やんか。これが、北九州の土地やったら、山の木に括りつけて、ハチミツ塗って虫に食わせるところやぞ」と諭すと、ようやくU社長の出資金を返すことに納得しました。赤字経営の赤字を作っていたのはこの放蕩男ですから、先方の会計士と話を詰め、損失分と元金を回収する段取りを付けました。

もっとも、ベトナムから日本にカネを持ち出すことは、手続きが相当面倒臭いので、この共同経営者が日本国内に持っている会社から支払ってもらうことで話をつけました。この回収金の中からご苦労賃というか、手間賃として報酬をいただき、現在のうどん店開業資金の目途がついたわけです。もっとも、うどん店の開業は、ベトナム滞在時に決意したことではありません。その時は、この報酬で何ができるかな……と考えながらも具体案は浮かばず、あれこれ可能性を思い巡らしたに過ぎませんでした。

まあ、楽しいことも、嫌なこともあったベトナムでしたが、この時は観光ビザでしたから、1回の滞在が3カ月。正月を挟んだことから、全部で半年の現地滞在の間に、2回帰国しました。何れも、1週間以内に再びベトナムにとんぼ返り。せわしない帰国でしたから、ほぼベトナムにいたような半年間でした。

ただ、結果からいうと、これから伸びていく異国の活況を目の当たりにできた上、新しいことを始める元手に恵まれたわけですから、私の人生を大きく変えたという点では、意味のある時間であったと思います。

【北九州とヤクザ】④

工藤會盛衰

田中組の誕生

近年、工藤會といえば、ユニオン・タナカと言われます。現五代目工藤會野村悟総裁の出身組織が田中組であるからです。田中組の歴史は昭和44年に遡ります。工藤組（当時）の松岡武の取り持ちにより若松の田中新太郎が工藤組に縁を持って幹部になり、翌年、田中組長は事務所を若松から小倉北区下富野に移転し看板を掲げました。これが、今日の工藤會田中組の第一歩です。

昭和45年に工藤組は河野、矢坂、田中、山下、徳永、松川の各組を傘下として工藤会と名称を改めました。工藤會でもっとも名前が知られ、組織が充実していた時代に采配を振るった溝下秀男ですが、当時は工藤会の傘下ではありませんでした。溝下が五島組系福永組（合田一家系）に属し、溝下グループ（のちの極政会）を結成したのは昭和47年のことです。田中組は工藤会傘下に加わってから躍進し、49年には直方市に進出、当地の桃田組（桃田静男組長）を吸収し、武闘派組織として拡充していきます。

小倉戦争と手打ち

昭和54年、溝下秀男極政会（草野一家系）会長が小倉北区の繁華街で工藤会田中組戸畑支部（現・中島組）組員から集団暴行を受ける事件が発生。一発触発かと思われましたが同年、田中組と極政会は手打ち式を敢行。その1週間後、山口組・田岡一雄の計らいで草野一家・草野高明組長と福岡市・伊豆組（山口組系）・伊豆健児組長は五分（対等関係）の兄弟盃を交わします。さらに2日後、田中新太郎組長が情婦方で、極政会組員により射殺され、工藤会と草野一家の抗争（小倉戦争）に発展することとなったのです。流血の惨事としては昭和56年2月、工藤会理事長兼矢坂組組長の矢坂顕一行が、小倉北区堺町で草野一家若頭兼大東亜会若頭である佐古野繁樹一行と遭遇。

口論の末、双方がけん銃を乱射、矢坂組長と佐古野若頭が共に死亡する事件が起こりました（堺町事件）。以降、工藤会と草野一家の抗争は泥沼化し、発砲事件は短期間に6件発生しています。小倉の街を恐怖に陥れた抗争終結に向けて、関東の雄、稲川会・稲川聖城初代会長が乗り出し、一応の手打ち式が行われました。

しかし工藤会と草野一家の和平は僅か5年間しか維持されませんでした。昭和61年2月、小倉北区の高級クラブで飲酒中の草野一家総長代行の新居秀夫他7名と、工藤会二代目矢坂組組長の山本和義他8名がけん銃を乱射する事件が発生。この衝突により、双方2名が重傷を負い、山本和義組長は殺人未遂で懲役10年、矢坂組組員の柳井亮嗣は懲役7年を打たれていますが草野一家側にはお咎めなしとなっています。その余波で草野一家幹部が相次いで射殺される事件が起こりますが、襲撃したのはいずれも草野一家傘下の極政会系組員だったため、溝下極政会会長は草野一家若頭を更迭され、謹慎処分となります。ところが昭和61年末から、福岡市を中心に山口組と道仁会の抗争「山道抗争」[6]が勃発。昭和62年に溝下秀男は謹慎を解かれ、草野一家若頭に復帰し、調停に奔走しました。

6　謹慎中の溝下秀男は、草野一家総長・草野高明と太州会会長・太田州春の意向を受けて和平工作に奔走、自ら山口組（傘下の伊豆組）と道仁会の双方に掛け合い調停に尽力した、抗争終結の功労者と言われている。

この時の模様を、溝下秀男は、工藤會の総裁時代に次のように回想している。「道仁会と山口組の抗争が始まりよって、収拾がつかんことになってワシが呼ばれた。『本日を持って謹慎を解除する』と。／『まだ早いとやないですか?』ち聞いたら『いや福岡の抗争を納めるごと動け』と言う。／『わかりました。ですけど、ワシ流にしますよ』『任せる』『わかりました。ほな行ってきます』『ああ、ちょっと待ってくれ。肩書きがないと』ち言うから、／『肩書きはいらんですよ』と言うたけど『いや元の肩書き（若頭）に戻ってくれ』となって、その件を伊豆組長に『うちの親分に工藤の会長に対する最後の親孝行をさせてほしい』と、お願いした」とある（溝下秀男・宮崎学『任俠事始め』）。

工藤会と草野一家の合併

ようやく同年、草野会館にて工藤会と草野一家が合併。新組織名は工藤連合草野一家、総裁工藤玄治、総長（組長のポスト）草野高明、代紋は旧草野一家のものを使用。規模は、工藤会９団体２０６名、草野一家26団体６２８名の合計35団体８３４名という九州一の大組織が誕生しました。役員は総長代行新居秀夫、若頭溝下秀男と草野一家が重要ポストを占め、田中組系は本部長野村悟でした。この合併の背景は、溝下秀男の回想にみることができます。

「今まで古い人間が闘こうてきて、結局どっちも疲弊してたんです。そやけん、こういう同じ轍を踏んじゃいかん、それが基本ですよね。だからワシだけの力じゃないです。周辺にいた古参の連中の認識がワシに同調してくれたですね……『これから抗争しよっても、みんな共倒れぞ』と。おそらく道仁会も伊豆組も立ち直るのに十年はかかる（筆者注：前述の山道抗争の当事者）。『そういうことをしてはならんやないか。ましてお前ら（工藤会と草野一家）もともと親子ぜ。これをのう、俺たちが修復せんと誰がするか』とね。『いまだに抗争続けよったら、死んでいった先輩の人たちに対して大きな不徳をするとぞ』と。それで一本化したです」（溝下秀男・宮崎学『任侠事始め』）

これまで抗争に明け暮れていた観のある工藤会ですが、合併後は、利益供与に関する企業とのトラブルや外国人経営店舗に対する業務妨害などの事件が散見されるようになりました。昭和の終りから平成に入っても企業や中国領事館などへの数々の襲撃が起きます。しかし、一部の地元住民の感情として「工藤会（工藤連合草野一家）は不良外国人から小倉の街を護ってくれている。そのためには、ミカジメ料なんか安いもんや」という意識があったことは、後の筆者の聞き取りでもたびたび実感することがありました。

工藤連合草野一家から工藤會へ

平成２年、工藤連合草野一家を溝下秀男が総長となって継承し二代目体制が発足しました。新体制の顔ぶれは、名誉総裁工藤玄治、総裁草野高明、若頭野村悟などとなっています。この組織が暴対法に基づき指定暴力団に指定されたのは平成４年です。なお、平成11年には名称を「工藤會」、平成12年には「四代目工藤會」に改称。工藤會会長溝下秀男は総裁に退き、四代目会長に工藤會理事長であった野村悟が就任しています。[7]

二代目体制以降、工藤會、四代目工藤會においても、店舗などへの襲撃は続きました。利益供与や外国人排除を巡る事件に加え、暴排運動推進派も標的になりはじめます。工藤會のけん銃発砲事件や建造物損壊事件を挙げたら、それだけで分厚い本が書ける程です（「ぼおるど手榴弾投擲事件」だけは、全国区ニュースになった事件ですから後述します）。

7　平成23年には野村悟は総裁に、野村総裁の出身組織である田中組の組長・田上不美夫が五代目を襲名した。

工藤會が関与、強行した事件が余りに多かったからでしょう、平成17年11月7日には、県警により四代目工藤會に対して第18弾目となる一斉摘発が行われました。平成15年に始まった工藤會一斉摘発からこの第18弾までで合計３６９事件、のべ６０５名（実質４６７名）の暴力団組員や親交者らが逮捕され、７３９か所の捜索が実施されています。

クラブ「ぼおるど」事件

工藤會が起こした事件の中で現在も最凶、最悪の惨事として語り継がれる事件に「ぼおるど」事件があります。これは、平成15年8月18日の夜、小倉北区鍛冶町の高級クラブ「ぼおるど」に手榴弾が投げ込まれ、重軽傷者12名を出した事件です。実行犯の四代目工藤會田中組組員である城戸真吾は、現場において従業員らに取り押さえられた際、胸部圧迫により死亡しています。

「ぼおるど」の経営者は暴力団追放を目指す団体の役員を熱心に務め、組員の入店を拒否するなど、地域の暴追運動の象徴的存在でした。その1カ月後の9月22日、同じ経営者の「倶楽部ぼおるど」にけん銃実弾入りの脅迫状が届き、同店は3日後の9月25日に閉店。先の「ぼおるど」も平成16年に廃業しました。

福岡県警の頂上作戦[8]と工藤會の斜陽

いよいよ福岡県を始めとする自治体が本腰を入れて暴排に取り組み、平成19年1月29日、福岡県警は福岡県等5自治体に対し、公共事業から暴力団関係者を排除することを要請しました。さらに民間の密接交際者などを摘発。平成21年には「暴力団排除条例」案が福岡県議会に提出され、可決・制定されます。この暴排条例は全国初の制定で、暴力団に資金提供した企業や個人に対して懲役刑や罰金を科すことなどを盛り込んでいます。

併せて、平成24年暴対法の改正[9]により工藤會を「特定危険指定暴力団」として取締り強化、工藤會に対する包囲網は着々と狭まっていきました。

こうした一連の動きは平成23〜24年に、相変わらず一般人への襲撃がなされたことへの警戒感の高まりによるものです。平成24年4月に勤務先の病院に向かう途中の警察官ＯＢが銃撃され、重傷を負った事件を皮切りに、福岡県警が厳戒態勢に

8 工藤會の頂上作戦の場合も、平成19年以降、公共事業から暴力団関係者を排除し、資金源を断つことから着手している。

9 警察庁は、平成24年1月5日に、通常国会に提出する暴対法の改正案を発表した。市民を暴力団の襲撃や抗争から守るため、指定暴力団のうち、特に凶悪と判断した組織を「特定暴力団」に指定し、規制を強めるものである（特定指定は「特定危険指定暴力団」と「特定抗争指定暴力団」の2種類）。改正は、暴排に取り組む企業などへの襲撃が相次いだことを受け、川端博明治大学法科大学院教授（刑法）を座長とする13人の有識者により検討された。「危険指定」は、暴追運動にかかわる市民や、下請け参入を拒む企業を襲撃した過去があり、その後も繰り返す恐れがある暴力団であり、都道府県の公安委員会が指定するというもの（朝日新聞　平成24年1月5日夕刊）。

突入します。銃撃された警察官OBは、指定暴力団工藤會対策の特別捜査班長として勤務し、多くの事件を摘発しました。このOBは保護対象者でしたが元警察官ということで24時間体制で警察官が張り付くことはしていませんでした。警察関係者への襲撃は昭和63年3月退職直後の暴力団担当警部宅の放火事件、平成14年8月警察官舎に駐車中の車に爆発物が仕掛けられる事件があり、いずれも工藤會系幹部と関係組織の組長らが逮捕されています。さすがに警察も本腰を入れ、警察庁指示の下、福岡県警に数百人の応援部隊が派遣されました。

そして、ついに「その時」が訪れました。平成26年9月から10月、福岡県警のメンツをかけた工藤會頂上作戦の末に野村悟総裁と田上不美夫組長、菊池敬吾理事長のトップ3が逮捕され、工藤會の斜陽は極まりました。当時の模様を、マスコミは次のように報道しています。

「最も凶悪なヤクザ――。米国がそう評した暴力団に対する警察当局の『頂上作戦』が、九州の地で展開されている。福岡県警は9～10月、約16年前の射殺事件などに関連し、特定危険指定暴力団『工藤会』（北九州市小倉北区）のトップ、同会総裁の野村悟被告（67）＝後に殺人や組織犯罪処罰法違反（組織的殺人未遂）罪などで起訴＝ら関係者計16人を逮捕した。（中略）野村被告の最初の逮捕容疑は平成10年2月、元漁協組合長、梶原国弘さん＝当時（70）＝が工藤会（当時・工藤連合草野一家）傘下の田中組幹部に射殺された事件の指示役とされたもので、殺人と銃刀法違反容疑で逮捕された。／トップ摘発から2日後の13日には、行方をくらましていたナンバー2の同会会長、田上不美夫被告（58）＝後に殺人や組織犯罪処罰法違反（組織的殺人未遂）罪などで起訴＝も逮捕する」（産経WESTウェブ版　平成26年11月4日）

マスコミの報道を読むと元漁協組合長梶原国弘さんの殺害が主要容疑に思えます。しかし実際に工藤會の寿命を縮めたのは、平成25年1月女性看護師襲撃事件にあると囁かれています。

野村総裁が入院していた病院で不手際があった看護師が、工藤會系組幹部に襲撃されました。この行動がさまざまな形で工藤會の衰退を招いたと言われ、実際、この事件を知った時、県警の捜査本部は「これはイケる」と色めき立ったそうです（消息筋の話）。

筆者は、関西においてヤクザの方々の取材をすることが多いのですが、この事件が（マスコミ関係者レベルで）明るみになって以降、関西のその筋の人たちからは「カタギの女に組織使うたらアカンわ」という苦言を耳にするようになりました。ヤクザはカタギ（とりわけ女子ども）には手を出さないというルールを逸脱したことにより、同業任侠界からの支持さえも失ったことが、工藤會の衰退を早める結果に繋がったのではないかと思います。

第五章　元ヤクザ、うどん屋始めます。

マイナスからのスタート

私がシャバでどのような職業を選択できる可能性があったかというと、いまの世の中では限定されます。ハローワークでも求人があり、一番ポピュラーなのは建設業。あるいは、私の経験や人脈を活かして手っ取り早く稼げる労働者派遣。ただ、これらにはどうしても「元の世界」の方々の影が見え隠れする。

私は、どうしても過去のグレーな環境は断ち切りたいと思っていましたし、地道な仕事でカタギとして、もう一度一からやり直したいと心底、希求しました。ハローワークが紹介する建設などのガテン系はグレーゾーン、さらに、ここでは県外就職を勧められる。バーという選択肢もありましたが、これは夜の商売だから摩擦が起きる可能性がある。せっかくお声がけしてもらった運送業の教育係は、警察官ＯＢに潰される。ベトナムの件でお世話になったＵ社長の仕事は一応終了となりました。どうしょうか……悩みました。

これは、いま考えたら偶然と言えますが、ベトナムから帰国し、たまたま私が常連だったうどん店に立ち寄り（小倉北区泉台にある「きむら家」さん）、そこの店長（年下でしたが、昔からの顔見知り）に、軽い気持ちで「うどん作りを教えてくれんね」とお願いしてみたんです。すると二つ返事でオーケーといわれました。善は急げで早速、修業させてもらうことにしました。この仕事は地道な商売だから、私のような立場――ゼロにも達しない、マイナスからのスタートにもってこいだと考えたのです。

ヤクザモンがうどん？　料理なんかできるの？と思うかもしれんですけど、お話ししたようにヤクザは組事務所などの当番があるから、料理は一通り出来んといかんわけです。親分が食いたいと言ったものを作らないかん。そら、失敗もあって怒られましたが、怒られても作れんものはしゃあない。しかし、何でも作れるような心構えは大事なんですよ。だから、親分に満足してもらおうと、自分なりに味を追究するんです。工夫を重ねて、最善のものを出すということなんです。いま、自分が作っているうどんも、自分なりに工夫し、頭を使いましたから、溝下さんに食べてもらえる自信がある。まあ、何かしら怒られるでしょうが、日々精進を忘れるなということですね。

平成29年の5月、朝の6時半から昼の2時まで営業の店で（ランチのみの営業しかしていない店でした）、短期間でしたけど、仕込みから営業、片付けまで修業させてもらいました。もっとも、私が年上であり、かつ、工藤會の幹部だったこともあるのかもしれませんが、申し訳ないことに私を立てつつ、丁寧に教えてくれました。

そこでは、一杯のうどんができるまでの全ての工程を学ばせてもらいました。肉を切り、長時間煮込むことで柔らかくし、同時にほどよく味付けをする。出汁を取る。うどんを湯掻き、盛り付ける。お客さんに提供する——という流れを、限られた時間で体得しないといけません。毎日、毎日、必死で尋ね、実際にやらせてもらい、失敗を重ねながら実地で学びました。

これは店長の口癖でしたが、「うどんは自分で作って身体で、五感で覚えるしかない。何が欠けているのか——自分で気づかないと分からない。教えてもらっても、自分で気づかないと分からないし、身に付かない。自分でやってみて、分からない事、困った事にぶつかった時に、分かる人に聞くことで、学びが自分の中に入ってくる。だから何かに直面する度に分かりますし、味もよくなりますよ。これは、ハウツーやレシピではない。中本さんが現場で試行錯誤するしかない。基本は教えちゃあですから、あとは自分で、自分の味を、現場の学びの中で見出して下さい」と言っていました。店長は年下ではありますが、以来、私にとっては師匠です。

厨房に立って、うどんを作ってお金をもらう、これは私の人生において初めての経験でした（料理は組の当番時代に何度も作っていますが、状況が全く違う）。おいしいものを作るということ……これは、興味を持って追究出来そうな気がした。

最初に自分が作ったうどんを食べて、正直、美味いと思いました。「こんなおれでも、一杯のうどんを作れるんや」と、何とも不思議で、感動したことを覚えています。ただ、この時点では、平均点スレスレのうどんやったでしょうけどね。

接客の基本は、例のベトナム案件をくれたU社長が経営するラーメン店で研修させてもらいました。「いらっしゃいませ」と頭を下げること。お冷を出して注文を取る。「ありがとうございました。また、お越し下さい」とお見送りし、テーブルを片付ける。当たり前のことを、当たり前にやれるようになるまでには、何度も店長の指導を受けました。

当惑したことは、お客さんが込み合う時間は「テンパる」ことですね。次から次へと切れ目なく注文、運び、片付け、新規さん来店……が続くと、混乱して軽くパニックになります。これは今でもたまにありますが、最悪の場合は、注文を取り間違えたこともあります。ですから、現在は、忙しくなる時間帯には、予め麵を軽く湯掻いておくとか……何とか効率化できないものかと試行錯誤しています。

一番、印象に残ったことは、お冷でも、ラーメンでも、ポンとお客さんの前に置くのではなく、少し手前に置いて、両手で差し出す。これは、ポンと置くと横柄に見られてしまうからという理由でした。私は「ナルホド」と納得したので、この方法は現在も実践しています。

あとは、この研修中に私が気を付けたことは、便所掃除や外の草むしりなど店の周辺のことです。これは組事務所の当番と同じで、「人がしないことに目を向けること」。ヤクザ時代に身体に教え込まれたことです。ヤクザ時代とは異なる緊張を覚えつつ、一生懸命に取り組んだ接客研修期間でした。

うどん作りも、飲食業の接客も即席教育でしたけど、この期間ほど真剣に勉強したことは後にも先にも無かったと思えるくらい、心身ともに没頭して取り組みました。

ここで学んだ中で最も大切なこと、おいしいものを提供する上で、作り手が一番心しないといけないことは、一言でいえば「ローマは一日にしてならず」ということです。つまり、日々、味を追究しなくてはならないということです。おいしいものにマニュアルは無いんです。接客もどうしたらお客さんに喜んでもらえるか、自分なりに工夫しなければいけません。

真の円熟したおいしさは1年、2年、数年経って出来てくるものだと思いました。しかし、それでも足りないという気持ちが無くてはいけない。これがおいしいものをお客さんに提供する作り手の想い。アタリマエのレシピに沿った作り方――マニュアル通りのことは誰にでも出来る。作り手のプラスαが味に出る。これは、いくら教えてもらいたくても、他人に教えられるものじゃない。自分の肌で学ぶもの、自分の目、耳、鼻、舌を駆使した五感で感じる必要があるわけです。

だから私は、これまでも、現在も、日々試行錯誤を続けています。それは、肉を変えたり、出汁を変えたり加えたりと、あらゆる可能性を追求することです。

材料や機材の仕入れ先は修業したきむら家さんに教えてもらいましたが、今は肉だけは変えました。肉屋は、こちらが望む品質と値段の折り合いが段々と難しくなったとです。一応、なんとかならないか相談を重ねましたが決着を見ませんでした。だから、私の同級生がやっている肉屋に頼んで、そこから納得できるものを仕入れています。

セルフサービスで提供している漬物は、昔から自分の住んでいたムラ（地域）で根付いていたものをお出ししています。これが結構、評判が上々。私らの小さい時は、先に漬物と飯を食べて（茶碗飯に漬物を乗っけて食べるスタイル）、後からうどんを食べる、という順序でした。いまでは、そうした食べ方する人は減りましたが、たまにお年寄りのお客さんが、昔からのやり方で食べていると、何か、懐かしい気持ちになります。

これまで無我夢中でやってきましたが、感じていることは、何事も商売は油断したらいかんということです。自分自身が追究し続けることこそが（これは、外から見えるものではありませんが）お店に来てくれるお客さんへの本当の意味でのサービスではないかと思うのです。

ある人が言っていました。「飲食業は、メディアとかで取り上げられて、ちょっと話題性があったりすると、それがオイシイに変わったりする（お客さんを錯覚させる）。そこに甘えてはいけない。甘えるとすぐに飽きられる。だから、おいしいものを提供するということは、日々、自分との闘いであり、絶えることのない挑戦である」と。実際に、日々うどんを作る中で、これは的を射た指摘であったと思いました。

運命の6月7日——緊張で迎えたオープン

いざ、お店を出すには、まずテナント物件を探さないといけないわけです。立地も考えないといけません。地元ですから、お陰様で相談できる人は数人いました。そうした知人を片っ端から訪ねてさまざまな意見をもらいました。そして、今のお店があるビルのオーナーさんに行きついたわけです。この方は、現役時代からの顔見知りでした。

このオーナーさんは、私の決意を聞くと、非常に賛同してくれました。「それは、手伝ってやろう。応援しちゃる」と仰ってくれて、実にさまざまな手助けをしてくれました。店舗も「ほたっておったけん（ほったらかしにしていたから）、荒れ放題やけどね」と言いながらも、不動産屋を通さずに貸してくれました（仲介業者が入ると賃貸契約が必要ですが、「元暴5年条項」の制限で結べません。だから家主から直接の信用賃貸です）。

この方は、何から何までとても好意的に対応してくれました。もともと飲食店を経営していた人でしたから、アドバイスの一言一句がとても勉強になります。

加えて、彼が以前の商売で使っていた、鍋、コンロ、作業台を譲っていただきました。借りた店舗の横にはもう一軒、シャッターが下りっ放しの店がありましたが、ここの機材も再利用していいと言われました。ただ、冷蔵庫だけは、タテにしても、ナナメにしても、大きすぎて店に入りませんでしたから、ネットで探して中古の冷蔵庫を手に入れました。

私が借りた物件はもともとタトゥーを入れる店だったそうです。その場所を飲食店に変えるわけですから、なかなか大変でした。まずはじめに、物置のような状態でしたから、中の荷物を全て運び出して処分することから取りかかりました。

そこから、うどん屋にするための工事。これは、さすがに自分では出来ませんから、知り合いの内装業者にお願いしてやってもらい、代金はかなり負けてもらいました。飲食店をするなら、グリストラップ（油や食物のカスを取り除く下水装置）の設置は必須ですから、これも業者に依頼しました。客席以外の部分、調理場の奥やトイレなどの塗装は、手伝ってくれていた仲間と「ああでもない、こうでもない」などと意見交換しながら、見栄えをよくしました。

とにかく毎日毎日、黙々と働いた。今になったら笑い話ですが、これには、懲役の作業経験が役に立ったんかも知れんです。懲役に行っている時、工場では目の前の作業を淡々とやらないといかんわけです。好きや嫌いなどと文句も言えんから、否応なくひたすら作業するわけですよ。でも、この開店準備の作業は、結果が自分のモノになるから、意気込みが違う。懲役ではイヤイヤやっていた細かい作業、面倒な作業が苦にならんかったですね。

新品で購入したのは、お客さんに出す茶碗や丼、グラスくらいのものです。これらは、全国展開する厨房器具専門店「テンポス」の地元店で吟味して購入しました。これも結構大変で、うちのうどんは、普通の白い麺とよもぎ麺がありますが、白い麺は黒っぽいお碗が、よもぎ麺は、白っぽいお碗じゃないと映えないわけです。お碗のサイズも大、中、小と揃えないといけない。全部で50碗ぐらいは買いました。

この開店準備に1カ月ほどを要しましたが、開店までにやらねばならない事が山積みで、感覚的には1週間くらいに感じました。文字通り、時は飛ぶように過ぎていったのです。

開店を急ぎ過ぎやないか、という意見もありましたが、修業したきむら家さんで、おいしいうどんを作るには、自分が現場で学ぶしかないと教わりました。だから、実戦経験を積み、マニュアルではなく、自分の味を追究するために、一日も早くオープンしたいと思ったのです。

思ったとおり、実践して失敗に学ぶことも多々ありました。一杯のうどんをお客さんに提供するとに、どれだけのモノを揃えないけないか、一から自分で準備してみて、その大変さが身をもってよく分かりました。これは、実際にやってみんと分からんことでした。ダシが足らなくなる、肉が足らなくなる――どれが欠けても、一杯のうどんが提供出来ない。こうした仕入れの計算が出来なかった。これも教わるより、身体で覚えないといけないことでした。

平成29年6月1日、プレ・オープンの日。この日は、このお店を出すに際してお世話になった方々に来ていただき、私のうどんを食べてもらいました。「おいしい」と言ってもらったことに勇気を得て、予定通りに、6月7日のオープン初日を迎えることとなったのです。

オープン当日、「元工藤會の幹部やった人が、そんなこともないやろう」とよく言われましたが、本当に緊張しました。もっとも、この日は知人、友人、中学校時代の同級生が駆けつけてくれ、祝い、励ましてくれました。

現役時代（ヤクザ稼業の時）には、同級生の人たちには近づかないように、こちらは気を遣っていました。しかし、私が工藤會を辞めてからというもの、同窓会などの集まりがある時に声をかけてもらえるようになっていました。

私も、同級生の誰かがお店をやっていると聞けば自分からお邪魔したりと、徐々に交流が生まれていました。私がうどん店を始めると言うと、彼らは「応援しちゃるけん」と励ましてくれました。実際、学生時代にそんなに親しくなかった人まで来店してくれ、とても嬉しく思ったものです。地元で挑戦できたことに、挑戦させていただけたことに心から感謝しています。

お店を始める準備と並行して、時間をやりくりしてバタバタ取得したんは、食品衛生責任者資格。まあ、これは、座学の受講をすればもらえるもんですが、無いと飲食店は営業許可証が取れない。「試験じゃないじゃんか、受講だけやろ」と言われるでしょうが、朝から夕方まで、懲罰（！）みたいに座りっぱなしやから、退屈極まりないわけですよ。普通ならカネもらっても座らんですが、地元で、自分の店を始めるぞ――そうした強い気持ちが、何とか尻を落ち着かせたと思います。

ヤクザになって仁義切るのが当たり前と覚えました。これはカタギになっても間違っていないと思ったので、開店前に、商店街の店は軒並み全店、挨拶に回りました。そこではいい印象の方もいれば、「どこまでヤレるの」という懐疑的な目を向けられることもありました。そこは――前もって「元ヤクザが店を始めるぞ」とか、噂が流れたらしいですから、私が背負わんといかんことです。これは、仕方ないと思って頭を下げ続けました。

オープン初日は、お陰様で盛況でした。皆さん「おいしい」「この味ならイケる」と言ってくれましたし、完食してくれていました。しかし、私は、彼らのやさしさに甘えたらいかんと自戒しました。彼らの評価は「商売する上で、当たり前のラインには乗っているよ」と言ってくれているんやなと、やっとスタートラインなんだと、自分なりに解釈していました。

実際、開店してみて、やはり甘くはないと感じました。自分なりに、知り合いの人たちが応援してくれる出店バブルが弾けた時の、商売の厳しさを予測していました。そして、その予測は間違ってはいなかったのです。

一日に出るうどんは、平均して20杯くらい。多い時でも40～50杯です。少ない日は、一日に6杯という日もあった。やっていけるかいなという不安は常に付きまといます。じゃあ、どうするか。無駄を徹底的に省いて行こう、節約しようということにし

仕込みは朝6時からスタート。

ました。

最初は、マジメにうどんを作れば良いと考えていましたが、一杯のうどんを作るのに、どれだけのコストがかかるかを真剣に考えるようになりました。コストをかけないで、おいしいものを提供するにはどうしたらいいか……必死で問い続ける日々が始まりました。これは、誰の目にも見えない努力――自分との闘いです。

もうひとつは、目に見える努力。お店のチラシを作成して、駅前や商店街の入り口で道行く人に配ることでした。「チラシ持参で大盛りサービス」とか特典サービスはやっていませんから、効果のほどは不明です。しかし、出来ることは全てやってみることが大事だと考え、朝の小倉駅の通勤する人たち、夕方の学生さん、買い出しの主婦――全ての客層にアタックしました。

NHKノーナレ「元ヤクザ　うどん店はじめます」

売り上げが伸び悩んでいる時期でした。私は、ある人物と出会いました。この人は、行きつけの美容室のマスターに紹介されました。「中本さん、あんたの挑戦に興味を持っている人が居るっちゃけど、会ってみんね」と言われて会ったのは、NHK福岡放送局の島津ディレクターでした。

彼は私を前にして、「現在、元暴の人たちの暮らしにくさが、社会問題になっています。特に、ご存知とは思いますが『元暴5年条項』によって、社会復帰できずに、折角暴力団から離脱しても、銀行口座も作れず、仕事にも就けず、再び悪の道に戻る人もいる。この現実を社会に広く報じる番組を作りたい」という趣旨のことを力説しました。

私としては、まさにその「元暴5年条項」に縛られて、銀行口座も作れず、保険にも入れない現実がありましたから、その番組の必要性を理解しつつも、躊躇しました。元暴を売り物にしたくなかったからです。だから、その時は「ちょっと考えさせてくれ」と返事したに過ぎませんでした。

ちょっと、と言ったものの、なかなか決心がつきません。日々の商売に忙殺されていたこともあり、数週間、返事をしあぐねていました。そんな私の背中を押すように、島津ディレクターは、頻繁に電話してきましたし、お店にも食べに来てくれました。おそらく、彼のこうした行動、情熱に裏付けられた行動なくしては、番組に協力するという決心はできなかったと思います。およそ2カ月後、ついに私も「分かりました。島津さん、やりましょう。よろしくお願いします」と、返事をしました。

NHKの放送が決まった時、先ず、商店街の会長と副会長にお願いをしに行きました。この時は、近所に店を構える障がい者の自立支援ショップの店長さんが「行ったがいいよ、挨拶しとき」と、勧めてくれたことも励みになりました。

「今回、NHKさんが私たちのうどん店を取材したいと言ってきました。放送するとなると全国放送になるようですから、商店街の皆さんも不安を抱かれるかもしれません。しかし、これは、元工藤會の人間をテーマとするわけではなく、私たちが生きる日々の活動を記録し、放送したいという思いから番組を企画しているそうです。私たちも、NHKさんの期待を裏切らないように頑張りますから、どうかご理解願います」と、頭を下げました。会長も副会長も多くを語ることなく「分かりました」と快諾してくれました。

放送当日、私は「俺に何かあっても構わないが、このテナントビルが嫌がらせされねば良いが」という、一抹の不安を抱きながら放送を見ていました。自分には嫌がらせの電話、世間の非難が来ることも覚悟していました。

その翌日、信じられないことに来店するお客さんは劇的に変化しました。

それは、まず、来客数の増加です。連日、完売するという繁盛ぶりでした。次に、お客さんから声をかけられるようになったのです。「富山から出張できました」「テレビ見て、おいしそうだから寄りました」などなど。そして必ず「頑張って下さいね」と、励ましの言葉をかけてくれます。東京、東北、沖縄からも、お客さんは来てくれました。何と、元ヤクザの店に、遠方から子ども連れの家族四人で食べに来てくれたこともあります。

面白かったのは、若い不良と思われる兄ちゃんたちです。黙々とうどんを食べたあと、

「ごちそうさまでした。ありがとうございます！」と、頭を下げて出て行くではありませんか。「いやいや、そりゃセリフがアベコベや。ありがとうございましたと言うのはこっちやろ」と、可笑しく感じたものです。

この盛況はテレビ放送のお陰です。皆さん、わざわざ足を運んでくれる。だから、私は、大きなプレッシャーを感じました。それは、わざわざ足を運んでくれるお客さんに、おいしいものを提供しないといかんという当たり前のことです。ですから、もし食べ残しがあると（滅多にありませんでしたが）、なぜなのか……と、その食べ残されたうどんを見ながら自問自答しました。

トンガッた味から優しい味へ

しばらくは日々の忙しさにかまけて思い至りませんでしたが、ふと、あることに気が付きました。それは「人の口は安定していない」ということです。作り手は、そうしたことを敏感に察知して、変化してゆく柔軟性を持たなくてはいかんということです。もちろん、作り手の私自身がおいしいと思わなくてはいけませんが、いま現在の味が永遠に続くわけではない。

開店当初、私が目指したのは、子ども時代に北方で食べた昔ながらの「どきどきうどん（肉うどん）」でした。しかし、ここは現代の小倉の繁華街です。店がある地域は街であり、駐車場も無いので、来店するお客さんの層も、ある程度限られている。たとえば、北方のうどん店に来るお客さんは、その地域の郷土料理として濃い味のうどんを食べ慣れた人であったり、（小倉）競馬場の利用者であるわけですが、この商店街では、役所の人、ＯＬ、会社員の人たちが主な客層なわけです。そりゃあ、おのずと好まれる味も違うし、違って当たり前。お客さんに満足してもらうためには、この街のお客さんの口（味覚）に味を合わせるべきだと考えました。

たとえば、中華料理でも、本場の中華料理を、中国人シェフ自身がおいしいと感じるからと言って、そのまま日本の店で提供してお客さんは満足するだろうか……ということと同じです。やはり、日本人に好まれるようにアレンジしないといけない。味覚も、郷に入っては郷に従う必要もあるわけですから、私は誰にも合う「中庸《ちゅうよう》の味」を模索しました。

今思えば、開店当初のうどんは、いわゆるトンガッた味だったのではないかと。つまり醤油が濃かった。レシピ通りに作るとそうなるのです。それは定石かもしれませんが、そこにプラスαで何があるか――これがオリジナリティ。暴対法じゃあないですが（笑）、何度も味を改正しました。試行錯誤の連続です。そして、ＮＨＫフィーバーも収まった年末ごろですか、ようやく常連さんが「味が優しくなった」と言ってくれるようになりました。

この「優しい味が出来るまで」は、企業秘密です。とはいえ、特に難しいことでも、秘伝の調味料があるわけでもない。仕込みの時に味をチェックして、どうもコクが足らんなあと思ったら、肉を変えてみる。おっ、今日のスープはコクがある、何故か。今日の肉は脂身が多かったからだろうか……。

あるいは、お客さんが最近スープを残すごとなったなと感じる。そうすると、また、素材を総点検する。そして、仕込みの火加減、肉を炊き込む時間の調整など、さまざまな点で、思いつく限りの試行錯誤をする。本当に紙一重の味の差を研究するわけです。その結果、お客さんがスープを残さなくなった時（残す人が少なくなったら）――ああ、この味が、この街に合っているんやなと、納得できるわけです。

この味の追究は、私なりの姿勢でした。おそらくヤクザをしていたからではないかと思います。極道の世界、その根底の心構えにあるものは、例えば儒教でもない、仏教でもないが哲学的なもの。そこで学んだものは、男としての美学の追求だったと思います。この問題意識を自分で作り出し、それを解決しようと知恵を絞り挑戦を続ける姿勢。この問題意識を追求し続けることが、人としての自分を確立することではないか……これは、結果的に故溝下会長の下で学んだことですが、いま、一杯のうどんに活かされていると信じています。

社会はそんなに甘くはない

話が前後しますが、うどん店を開店するにあたり、テナントが位置する商店街には、どう接するか……これが最大の問題でした。何といっても、商店街という地域社会に受け入れていただかないと、この挑戦は実を結びません。何より、狭い小倉の街ですから、自分の素性はいずれ分かるだろうし、近隣の人たちが不安を抱くのであれば申し訳ないと思いました。実際、開店準備中、5月の下旬ごろにはすでに「もと犯罪者が店を出すらしいよ」という噂が流れていたそうです。

そこで、開店前に商店街の組合に挨拶に行きました。「今度、○×ビルにうどん店を出させていただきます。右も左も分かりませんが、皆様にご迷惑をかけないよう一生懸命に頑張ります。どうぞ、よろしくお願いします」と言って、頭を下げました。さらに、商店街にある全てのお店に挨拶に行き、同様のお願いをしたことは話しましたね。すると、大抵の皆さんは「頑張りなさいよ。応援しているから」と、激励してくれました。

この商店街に店を出して、地域社会に溶け込もうと自分から飛び込んでいきました。

理事会の席にもお邪魔し「新参者ですが、マジメに商売しています。アドバイス下さい。見守って下さい」とお願いもしました。すると、理事の方が「この理事会に乗り込んで来て、そんなことを言った人は初めてだ。応援するから頑張って」と、少し嬉しそうに返してくれました。

私はカタギとして生きていく上で、自分から飛び込んでゆく、自分から交わる、教えを乞うことを常に意識していました。なぜなら、人は誰しも簡単に手を差し伸べてはくれない。社会はそんなに甘くはないからです。しかし、自分の覚悟次第ではきっと受け入れてくれる、と信じて無我夢中で行動しました。

だから、店に嫌がらせの電話がかかってきたりして、一瞬、気分が落ち込むことがあっても、頑張っていけるのではないかと思います。最近では、このような電話がありました。

「さっき店に来たモンやけどね、お釣りが間違っとった。お前さあ、ヤクザなんやろ」

「申し訳ありません。取り過ぎたお釣りはちゃんとお返しします。しかし、ヤクザとかは関係ないでしょ。もう、辞めていますし」

「それはいい。お宅の店、ミカジメ払いよるんか」

「そんな時代や無いでしょう、私は払いませんよ。何かお話があるんやったら、すいませんがお店に来てくれますか。お店でうかがいます」

さすがに、忙しい時間帯にこんな電話があると、気分悪いし、調子狂いますよ。現役の時代なら「コラ、オマエ因縁付けよるんか」となりますよね。でも、いま、私はカタギの修行中です。自分のベストを尽くしてうどんを作り続けている立場です。応援してくれる人たちがいる。自分一人ではないという思いがあるから、頑張り続けることができるんですね。

自分一人では商売が成り立たないことを改めて認識し、日々、感謝しています。周りの理解や支援があってこそやって行ける。たとえば、小倉の街のお祭りである「小倉祇園太鼓」の時、私のうどん店がある京町商店街も太鼓の山車を出します。人手がいりますが、私の店では人間を出すことは出来ない。じゃあ、何をするか——差し入れをする。祭りの後の掃除をする。ほかにも京町のイベント、商店街のイベントには積極的に参加するようにしています。

商店街で商売をする以上、(その地域社会と)一体化しなくてはいけない(その努力をしないといけない)。地域の活動に参加することで、地域社会の一員としての働きをすることで、多くの人が温かい目で見てくれ、手を差し伸べてくれて、アドバイスもくれるようになりました。そして、商店街の重鎮といわれる年配の方々も、うどんを食べに寄ってくれるようになりました。

もちろん、地域社会の一員としての働きとは、祭りやイベントだけじゃありません。毎日の地道なことが不可欠です。それは、当たり前のこと、商店街の掃除、挨拶、その繰り返し。そこができるか、できないか。しているか、していないか。これを誰かが見てくれている。そうした地道な毎日の積み重ね無くしては、地域社会が受け入れてくれないと思います。遠慮せずに言えば、これは「マジメにヤクザやっていた人」ならできると思います。日常的なことにも手を抜かない、徹底してやる——事務所当番していた時代と一緒なんですから。

相談料は一杯のうどん

いま、私のうどん店には、元ヤクザであった人たち、若い半グレのような兄ちゃんが人生相談に来るようになりました。それはたとえば、「俺ヤクザ辞めました。明日から知り合いの会社で仕事始めます。その前に、大将のうどんを食べにきました。カタギでやっていく上で大事な事って何ですか」といった内容です。

それに対しては「死ぬ気でヤクザやってきたとやろ、カタギも一緒っちゃ。死ぬ気でやってできんことはない。中途半端な気持ちや、仕事で手抜きすると失敗するけん、とりあえず、今日を一生懸命生きてみらんですか」とか、そんなことしか言えんですけどね。

相談料は一杯のうどんですが、私

毎日、地道なことの繰り返し。

の経験が、彼らが生きづらい現代の世の中で、何かの役に立てばと思い、閉店後にじっくり付き合っています。そのお客さんが1カ月後にまた来てくれて、うどんを食べてくれよったら、「ああ、頑張ってるな、負けられんな」と、こっちも勇気をもらいますよね。

こうした相談を結構受ける。大したことはアドバイスできないけど、彼らの背中を押してあげることはできるかもしれない。だから、最近では、自分と同じような人間がどうしたら真に更生できるか、立ち直れるか、どうすれば第二の人生を始められるか——これが新たな追求すべき問題になってきています。

人はそれぞれの環境で、グレたり、横道に入ったり、道を踏み外したりしているけど、誰かに生き方を教えてもらったことがあるはずなんです。もっとも、教える人の器量にも左右されるでしょうが、それが、グレーな場であろうとヤクザ社会だろうと、学んだもの、経験したことは無駄ではないし、絶対に無駄にはならない。

ただし、ヤクザするにも、不良するにも中途半端はダメですね。掃除ひとつ、雑巾掛けひとつ、犬の散歩ひとつにしても、一生懸命にやっていれば、見ていてくれる人はいる、助けてくれる人は必ず出てくる。一生懸命に取り組むことは、人間を極めることにつながると思います。

その時は分からんかもしれません。しかし、先達である経験者の言葉には根拠がある。

それを聞いて、様々な解釈があるかもしれませんが、とりあえず、やってみる——実行するかどうかは本人次第ではないでしょうか。

何事も頑張った者は、深い意味を理解できて、その理解が人生の糧になるはずです。中途半端に要領よく振舞う人間、失敗を恐れて何もしない人間は、そこが分からない、だから、その理解に至らない。私は、そうしたことを、工藤會で生きた30年間と刑務所で学びました。

そして刑務所で没頭した様々な書籍、とりわけ『葉隠』からは、多くを学びましたし、本書が生きることの支えになりました。だからいまの若い子には、ぜひ、活字の本を読んでもらいたいと思います。その気持ちもあって、私のうどん店には、私が懲役時代に読んでいた本を置いています。いつでも貸し出しますから、声をかけてもらいたいと思います。

最後に、そうした書籍の中で、出会った言葉——長い懲役を支えてくれて、暴排社会の逆風に耐えて生きる、挑戦し続ける勇気をもらった一文を紹介して、私の話を締めたいと思います。

「人に勝つ道は知らず。我に勝つ道を知りたり（柳生宗矩）」（前掲書）

この言葉の意味は——今日は昨日より腕があがり、明日は今日より腕があがるというふうに、一生かかって日々を仕上げるのが道というもので、これも終わりがないのである――というものです。
人間を磨くことも、うどんを作ることも、終わりがない。
己に克って、礼に帰る生き方を、これからも、私は誠心誠意、貫きたいと思います。

地域と仲間に感謝！　お客さんに感謝!!

第六章　元ヤクザを受け入れた商店街の人たち

ここまで、中本さんの生い立ちからヤクザ時代、そして離脱しカタギとして生きる現在までを語ってもらいました。筆者が出会ってきた離脱者の中でも、本人の努力あってこそですが、幸運な一歩を踏み出せたケースではないかと感じます。「元ヤクザ」であった人がカタギで生きていくには、本人の気質にもよりますが、周りの協力が不可欠であると筆者は考えます。

中本さんが店を開業して1年になります。「元ヤクザ」と知った上で受け入れてきた地元商店街周辺の方々は、どんな思いを持っているのでしょうか。

暴排条例では、会社を経営したり、店舗を持って商売をしている人には、ヤクザからのミカジメ料の要求などに応じないこと、そもそも商売相手、客としても受け入れないことなどを奨励しています。そうしたなか、小倉の皆さんは地元に根付いた「工藤會」という組織をどう捉えているのか。暴排条例によって何が変わったのか、変わらないのか……。地元の声を聞いてみましたので、最後に紹介します。

離脱後は一定の「地ならし」期間を

まず、はじめに、中本さんの店がある京町商店街で、「ＳＴＯＲＥ」という美容室を営む澤田秀人さん（50代）。北九州市内に生まれ、途中、親の転勤で千葉県に転居しましたが、10代後半に地元に戻りました。今のお店は3年目ですが、その前の30年も小倉で美容師をやってこられました。

美容師という職業柄、「ヤクザの奥さんでクラブのママなんかも来ていましたし、ヤクザの方もお客さんでいましたが、良識がありましたよ。カタギには気を遣ってくれるから、怖いと感じたことはありません」。

ミカジメ料などの不当な要求を受けたことはないし、もし受けたとしても応じないと断言します。ヤクザが怖いと感じたり、不安になったこともないそうです。

「こういう街（工藤會の地元・小倉）だから、免疫ができるんでしょう」

客だけでなく、挨拶程度の知人なら、ヤクザやそれに近い人はいるそうですが、「深いお付き合いはしていません。自分たちに迷惑がかからない限りは、普通の人と同じように接しています」。

——警察の締め付けが強くなっても、北九州からヤクザがいなくならないことに関してはどう感じているでしょう。

「所詮、警察は事件にならないと動いてくれません。全てのことから市民を守ってくれるわけではありませんからね。それにヤクザ（工藤會）がいなくなったとしても、他所から入ってきます。そして何より怖いのは、海外のマフィアが入り込んでくること。彼らには日本のルールが通じない。それは怖いですよ」

——海外マフィアが流入するより、日本のヤクザが残った方がいいということでしょうか？

「ヤクザは、良いとは言えないが、社会にとって必要悪の部分があると思います。小倉の街では、ヤクザは民兵組織のようなイメージがあったのではないでしょうか。ですから、今の（警察が一定程度取締りをしても工藤會が存続している）方が安心できます」

——社会全体を考えた時に、暴力団はどんな存在でしょう？

「苦情処理（諍いや権利関係、金銭問題から生じる不和の仲裁など）という部分では必要悪と思います。警察が全ての苦情に対応してくれるわけではないので、ヤクザ的な役割は社会には必要ではないかと思いますね。だから暴力団がいないほうが、世の中が良くなるとも思いません。東京の歌舞伎町だって管理をし、治安維持をしているのはヤクザでしょう？　彼らがいなかったら、歌舞伎町は、もっと治安が悪くなっているのではないかと思いますよ」

澤田さんは同じ京町商店街の一員として、中本さんとも交流があります。

「暴排条例にしても細かいことまでは知りません。ただ、暴排条例が出来て、この商店街は警察がパトロールするようになりましたし、中本さんのうどん屋さんにも定期的に巡回して、（お店の水道、ガス）メーター等をチェックしていますから、厳しくなったんだなという感じはありました。

中本さんから聞くまで『元暴5年条項』というのも知らなかった。暴力団を辞めても5年間は銀行口座も持てないし、賃貸やなんかの契約もできないと聞いてびっくりしました。暴力団に対する締め付けは現在の状況から仕方ないと思うけど、離脱した人の行き場が無いことは問題だと思います」

——暴力団離脱者が一般社会の一員として生活するためには、どんなことが必要だとお感じでしょう。

「離脱した方は、施設などで一定期間『地ならし』することは必要かもしれない。そういう所で『色を抜いてもらう』ことで、一般社会に帰って来やすくなると思います。まずはその人ありきだけど、更生しようと頑張っている人は、社会で認めてあげるべきだと思います。

行政（公務員）などの真面目な人生を送ってきた人は、暴力団離脱者を（更生）指導できないのではないかと思いますね。例えば元暴の『経験者』が、自分の経験に基づいて指導すべきではないかと思います。北九州は歴史的にもヤクザに慣れているから、マジメに更生しようと努力している人には、手を差し伸べてあげられる土地だと思います。中本さんのうどん屋さんが実証している。

そうはいっても、ヤクザで生きて来た人は、何らかの罪を背負っているでしょうから、やっぱり『地ならし』期間は必要と思いますが、（地域が）社会復帰のチャンスをあげないといかんと思います。いまは、辞めた人にも道筋を閉ざしてしまっているので、これは良くないんじゃないでしょうか」

世の中のルールを謙虚に学んで欲しい

福岡県警の発表によると、平成29年末の時点で県内の暴力団構成員・準構成員の数は２０４０人、暴力団対策法が施行（平成４年）されて以来減り続け、過去最低。工藤會についても最多だった１２１０人（平成20年）から６１０人へ半減したそうです（日本経済新聞　平成30年1月20日付）。現在も離脱者は増え続けています。

離脱者に対しては県警の就労支援や、あえて地縁のない県外就労を斡旋する28都府県

（平成30年3月現在）広域連携協定なども行われていますが、就労者の実数はわずかに留まっているのが実情です。

「新聞にも出ていたが、離脱した人を県外に出すのはどうかと思う。いわば、〝官制ところ払い〟じゃないですか。この中（小倉の街）で更生してもらうように、皆が知恵を絞って考えるべきと思います。

どうも、当局の根本的な政策が薄いように思える。ヤクザやった人も、身内や友人、知人がいるのだから、地域で更生支援しないといかんと思います。排除一色ではなく、受け入れる制度、体制を考える時期に来ているのではないか。もっとも、辞めて更生しようとする人も、勇気が必要だから、その人が、良い方に一歩踏み出すのならば、地域もそれに応えてあげないといかんと思う」

そう語るのは京町商店街の隣・魚町商店街でスタンドバーを経営しているBさん（50代・男性）。ヤクザの数の減少で、澤田さん同様、海外マフィアをはじめとする「別勢力」が流入しやすくなっていることを懸念する一人です。

「現在、福岡県は、暴排に力を入れているが、昔はヤクザといっても必要悪な部分があった。たとえば、かつて半グレがこの街に入り込んで来た時期がありますが、その排除は、警察ではなく工藤會が行った。このまま工藤會が衰退して、今度は海外からマフィアが入り込んできたらどうなる？　いまより怖い状態になるんじゃないですか。夜の街で客引きしよるのも半グレみたいな連中。いまは野放しやないですか。これなんか、ちゃんと取り締まってほしいですよ。

善と悪とは表裏一体。世の中はキレイごとだけではないでしょう？　ヤクザがいなくなると、むしろ危ないと思う。半グレや外国人マフィアを抑え込めなくなる」

隣の門司で育ったBさんは元々小倉生まれ。開店から8年目を迎える今の店を始める前も、やはり小倉でアパレル系の店を営んでいたそうです。

「(工藤會の本拠地ということで)他県の人には恐ろしい街というイメージがあるかもしれないが、普通に生活していれば問題ないと思う。

(暴力団やその周辺の知人は)中学校の先輩、同級生、後輩と、かなりいます。でも、同級生はともかく、年がいくほど交わる事が少なくなりました。同級生でも、向こうが遠慮するようになった。たとえば、正月の集まりとかがあると、若い衆が表で待っていることがあり、『あんなと連れてくんな』と言うと、出席の回数は減っていきました。彼らの立場も分かりますが、カタギの集まりですから。

昔も今もお客さんで暴力団関係者の人はいますが、客というだけで、無理な要求をされたりといったことは一切ないし、あっても応じませんよ」

Bさんは、ヤクザ自体も昔と変わってきたと感じています。

「若い頃は、映画に出て来るようなタイプ――『仁義なき戦い』のような人たちがいっぱい居った。いまは、パッと見、分かんない。ファッショナブルになってますよね。だから夜の街で歩いていて、肩が当たったときに『おい』って言って、それ（相手）がバリバリのヤクザやったら最悪でしょ。分かんない方が怖いですよ。

そりゃ、暴力が無くなって、平和な社会ができればそれに越したことはない。（工藤會の）溝下さんの時代から、徐々にヤクザから〝暴力〟団になり下がっている。そのことは、カタギの襲撃事件を見れば分かる。カタギに危害を加えるんはダメ。ヤクザは格好良いものであって欲しいね」

――暴排条例によって、状況の変化は感じておられますか。

「うちの店は、『標章（暴力団組員の立ち入りを禁止する意図の表示板）』の件で警察が来たから分かりました。はじめ、警察が店に来て『標章を貼って欲しい』と言ったんです。『考えときます』と言うと、それ以降、毎日、依頼に来るようになった。私は、貼る気はなかった。品が無くなりますから。そこで、『うちは貼らんよ』と警察に言うと、『じゃあ、貼ってくれんのなら、何かあったら助けられんよ』と言われました。『それはちょっとおかしくないか』と、抗議しましたがね。

やっぱり、ヤクザも警察も狭い社会で生きて来ている。10代の頃から、そうした社会で生きているから、世の中（一般社会）に出たらルールが違うことが分からんのではないかな。（暴力団を辞めてカタギでやり直そうという人には）そこは、謙虚に学んで欲しいと思います。もう一回、やり直し。仕事を通して学んで欲しい。なぜなら、普通の人は、社会イコール職場。やはり、ちゃんと仕事をする（仕事ができるようになる）。もちろん、離脱者を小倉の街は受け入れてあげないといけんと思う。元暴の人も、一般の人も、企業は平等に教育し、人材育成をする必要があると思う。それが、社会の為になる。企業といっても、土建業とかに限定せず、幅広い職種で受け入れて欲しいと思う」

社会的弱者の支えだった

ヤクザは社会に必要な存在と思うか――。

そう尋ねたところ、「何とも言えないところだけど、本当に弱い人を助けてくれるヤクザもいた」と話してくれたのは、京町商店街で障がい者が作った商品を売る店のオーナーCさん（50代・女性）。

「例えば、私が知っとう例を挙げると、親が離婚して行き場のない人に――この人は精神障がいのある人やったけど、住む場所を世話したりしていた。社会的弱者の支えになっていた面もあったと思う。

同級生の子が、組長と結婚するちゅうて、『迷惑かけたくないけん、一旦、関係切るけん』と連絡があったことがあります。でも私としては、普通に付き合って良いと思っています」

北九州市内で生まれ育ったCさんは、現在の店を開いて4年。その前は商業施設で巡回監視の業務についていたそうです。地元はヤクザが身近な土地柄だと自覚しておられるし、元々ヤクザに対して悪い印象をもったことはないと話します。

「不当な要求とか、ミカジメ料とか……言われたこともないし、言われても応じませんよ。でも、北九州にはヤクザの歴史があるから……いなくならないでしょうね。

私自身は最近の日本人が忘れている情の深い言葉であったり、人としての義理人情など、無くなって欲しくないと思っています。その世界（ヤクザの世界）のある種の良い面は、いまの若い人たちに伝えて欲しい。いまの人は、自分がよければ良い、裏切りしか知らない面がある。他者への思いやりを教えて欲しい……人を労う、人を思う、こうした気持ちは大事。あれはいけん、これはしまい（しない）だけでは、社会は良くならないのやないですか。

ヤクザは昔も今も変わらないと思いますが——もっとも最近は、それらしい人は見なくなった」

暴排条例などについて、Cさんはほとんど知らなかったと言います。

「排除という言葉づかいが不愉快。人を人と見ていない気がします。生きるためにヤクザしか選択できない人もいる。教育も受けれんかった、様々な背景があるやろうから……簡単には変われないでしょうし。暴力団を無くしたいなら、辞めた人の社会復帰の支援が必要と思う」

「元暴5年条項」については筆者がお話しすると、「理不尽ですね」ともらしました。

「(離脱して) 5年過ぎたら、しっかりと企業——銀行や保険会社に解除を通知し、頑張ってカタギで生きている人が、夢や希望を持てるようにしてやらないかんと思う。社会がチャンスを与えないけんと思うし、もちろん離脱した人は、努力してチャンスを活用して欲しい」

一般人を傷つけだした時が分かれ道

協力雇用主でもあり、顧客を含め周辺に暴力団関係者が普通にいる、と話すのは建設用鉄鋼業を営むDさん (50代・女性)。会社は20年以上続いています。

「(ミカジメ料などの要求を受けたことは) ない。女やし、地元で (ヤクザの) 上の人間知っとるけ、なかった。女にミカジメ要求するんは格好悪いからやない?」

協力雇用主として、福岡県内の暴排条例や元暴5年条項についてもある程度詳しいそうです。

「小倉で生まれて育ったから、暴力団関係の知人はもちろんいます。でも、条例があるけん、付き合い方は、お互い考えないけんね。はじめは、(条例は警察の) パフォーマンスかち思った。ただ、パクられる人数や内容がエゲツないから、警察も本気やなと思いだした。その辺りから、『会社を守りますか、ヤクザと付き合いますか』という問題が切実になった。

北九州市民として見た時は、工藤會が一般人を傷つけだした時が分かれ道やった。もう少し、昔のカタチのままやったら、ここまではならんかったと思う。関西も関東もヤクザはいる。彼らは上手に折り合いを付けとうと思う。工藤會は過激過ぎた。もうちょっと『折り合いと限度』を考えて欲しかったね」

「(暴力団が)無くなることはないでしょう」と言う理由も、やはり、ヤクザがいなくなれば外国人マフィアや半グレが横行することを懸念するからだそうです。

「やっぱり、裏の部分は規律を持った組織が必要。ヤクザいなくなったら、マジで、警察24時で頑張らないけんくなるよ。

昔は、(ヤクザに)ちょっとしたお願い事に行ったりしよった。いうたら、ダーティなサービス代行業だったから。ヤクザがイイ人とは思わんけど、昔は任侠道があった。段々、変わってきて、一般人にも危害を加えるようになったことで、恐怖は感じるね」

——暴力団離脱者への対応についてはどうお考えでしょうか。

「頑張って更生しようとしよる人には、まわりが理解して、それぞれが出来る(範囲の)応援をしてあげるべき。ひとつの基準として、(元暴5年)条項を作る理由も分かる。ただ、（暴力団を辞めても暴力団扱いされるという）矛盾がある。判断基準があいまい。この条項が、離脱して頑張っとる人の足かせになっちゃいけんね」

更生の努力を受け入れることが再犯防止に

北九州市議会議員の佐藤しげるさん（60歳）にもお話をうかがいました。

「議員歴は10年。当地区の保護司としては10年以上活動しています。小倉北区の生まれです。現在の自宅は工藤會事務所の近くにあります。同級生や知人にも暴力団関係者はいましたが、現在は離脱したと聞いています。彼らとは同窓会で会う、といった普通の付き合いですよ」

――どうして暴力団は存続し続けるとお思いでしょう。

「それは、北九州の土地柄もあるでしょう。炭鉱や製鉄といった産業がありましたから。その流れで現在も存在すると思います。ある意味では必要悪といえるかもしれない。ヤクザには、歴史的に裏社会の秩序維持という役割があった。

もっとも、ひと頃は、火炎瓶投げたり、一般人を傷つけたりしてルールを守っていないというイメージがあった。最近は、事件もなく存在が分からなくなりましたね。これから弱体化はすると思いますが、完全には無くならないのかもしれませんね。暴力団が無くなると、半グレなどの抑止力が機能しなくなるとの懸念も聞かれます」

——暴排条例に関連して、どんな活動をなさっていますか？

「北九州市の暴排条例によって、市営住宅に暴力団を入れないという行政の方針には従い、行動しました。

中本さんのことはテレビを見て知りました。放送後、実際に中本さんを訪ねてお話をうかがった時に初めて、『元暴5年条項』を知りました。国は暴排を推進しながら、同時に再犯防止施策を推進しています。それなのに、5年条項に引っ掛かって社会復帰できないことは問題だと思います。真っ当な仕事をできるようにしてあげることが、再犯防止になるのではないでしょうか。

カタギになって頑張っている人には、彼らの辛抱を認めて支えてあげる必要があると考えます。今の社会は、一度罪を犯すと、犯罪者という剝がせないラベルを貼られてしまう。再犯者を減らすためには、一般人も、更生の努力をしている人を受け入れるようになる必要があります。私は、一市民として何とかしたいという思いから、出所後に行き場が無い人たちの再起を支援するために、今夏の開所を目指して、自立準備ホーム設立を進めています。反省は一人でもできますが、更生は一人ではできない。地域の支援が不可欠であると考えたからです」

——長年、地域のために活動してこられて、暴力団についてはどうお考えでしょう。

「昭和のヤクザのイメージが変わってしまった。義理人情の精神が薄れて、営利追求が表に出てしまっている気がしますね。悪は悪でも、警察ができないことに対処してきた必要悪的な側面があったわけで、彼らなりに社会的な役割を果たしてきた。今、暴排で辞める人がいるなら、排除するのではなく、地域に生きる我々が、更生できるように手を差し伸べてあげるべきと思う。それが人情味あふれる小倉という街の良さではないでしょうか。

北九州を安全な街にする最善の方法は、更生したいと努力している離脱者を、しっかり自立させてあげて、（権利も義務も持った）納税者にすること。それが一番の近道と思います」

商店街の葛藤と現在

では最後に、中本さんを受け入れた商店街理事の方々のお話を紹介します。

Eさん（40代・男性）は京町商店街で大正14年から続く老舗の四代目です。かつて、近くに組事務所があった時代もあり、暴力団関係者が客として出入りしていたという話は聞いたことがあるそうです。

「小倉で生まれましたが、高校、大学は外に出たのでその間のことはほとんど分かりません。（暴力団関係者の）知人も皆無ですし、今現在も接する機会はほぼありません」

そんなEさんは、中本さんの開業をどう感じておられたのでしょう。

「商店街に元ヤクザが出店すると、商店街組合員の方から聞きました。その時点で、テナントの物件は決まっており、工事を行っていました。

商店街の規定で、『暴力団関係者の出店を認めない』という条項があります。そこで、警察に問合わせ、身元確認を行いましたところ、警察の回答は『暴力団員を辞めている』というものでした。それからは、警察が定期的に中本さんと面談したり、商店街をパトロールするなどの対応をして下さることになりました。

中本さんは、近隣のお店への開店挨拶を行ったりされていましたが、やはり、オープン当初は、中本さんの人となりが分からないため、不安でした。

月日が経つにつれて、中本さんが、周りの店主さんたちとコミュニケーションを取られて仲良くなり、また、私の知人と繋がっていったりして、不安は解消されました。

中本さんの店の場所には以前、タトゥー屋さんがあったんです。その時は、夜間、車両進入禁止の商店街内に車を乗り入れ、30~40人が屯《たむろ》して問題になったことがありました。商店街の役員として、当時は心配しましたが、今回は、そうした不安もありません」

——中本さんのように、暴力団を離脱した人を今後はどのように受け入れていったらいいでしょうか。

「(離脱者について)情報が何もない状態で受け入れることは難しいと思います。どうしても不安があります。でも実際、中本さんと接していると、非常に丁寧で礼儀正しい。こうした日々の人間関係の積み重ねで信頼関係ができたから、受け入れられたのだと思います」

もうお一方は、万延元（1860）年に京都で創業した老舗の九州支店として、大正12年に小倉に開業した店舗を継承するFさん（60代・男性）。代々、小倉の街と人を見続けてきたお家柄ですが、「（暴力団には不安を）感じていないほうだと思います」と語ります。「ただ、この商店街には、もともと暴力団の事務所がありました。15年ほど前になりますか、商店街の競売物件が出て、某暴力団が事務所を設置する目論見で入札を試みました。これは彼らに落とさせてはいけないということで、私ども商店街で（物件を）落としましたところ、うちの店舗に車が突っ込むというような事件がありました。この入札の時に、何度か、組長が店に来ましたが、この時は、やはり威圧感を感じましたね」

中学の同級生には、「その世界」に入った人もいたと聞いたことがあるそうですが、現在は全く暴力団関係者とのお付き合いはないと言います。

「この小倉は、かつて企業城下町でした。また、炭鉱の方たちや遊び人（ヤクザ）が多く存在していました。そうした土地ですから、企業の政治癒着、炭鉱という産業の性格などがあいまって悪い社会が生まれたんですね。その名残が、いまに至っていると思います。ただ、最近は街でそれらしい風体の方は見かけなくなりました」

商店街の役員もなさっており、暴排条例についても情報としてご存知で、活動にも積極的でおられるそうです。

「(暴力団という存在が必要悪だとは)思いません。一部の飲食業の経営者の方が、ミカジメ料を払って彼らに守ってもらうということが、私には理解できません。

普段は具体的には、暴力反対のパレードへの参加という形などで協力しています。

商店街として取り組んでいることは、街をきれいにする活動ですね。たとえば、清掃活動、落書き消し活動などを継続することで、悪いものが浄化されていく。間接的な活動ですが、続けていきます。京町商店街は、排斥運動よりも文化の香りのするイベントをやり続けることで、ヤクザが入って来にくい街づくりをしています。そして、何より、街の人たちとのコミュニケーションを密にすることで、ヤクザが入ってくる隙間を無くすように努めています」

——暴力団は将来的に無くなるとお思いでしょうか。

「幹部が少なくなることで弱体化していくことでしょう。ただ、完全に無くなるかどうかは分かりません」

——暴力団が無くなると世の中は良くなると思いますか。

「そうですね。ただ、ヤクザも段階があり、チンピラが問題です。暴力団予備軍、若者の対策を考え、悪い方向に向かわないようにしないと、世の中は良くならないのではないでしょうか」

――暴力団離脱者に対しては、どのように接したらいいとお考えでしょう。

「普通が一番じゃないでしょうか。うどん店の中本さんは素晴らしい人で、向こうから歩み寄ってきた。他の（離脱者の）方が、みなさんそういうタイプでしょうか。できない人もいると思います。私どもは、向こうから歩み寄ってきたら、人として対応することにしています。町内のイベントにも参加していただきます。ただ、何事もオープンな関係を心がけておりますが。

（元暴5年条項については）やっぱり、その世界から『足を洗った』方にもよると思います。更生しようと頑張っている方には、規制緩和が必要ではないでしょうか。ただ、緩和の判断を誰がするかという点は、今後の検討課題でしょうね」

中本さんを受け入れた商店街としてお思いのことを最後にうかがいました。

「この街は、心根の温かい人がいる街です。私どもは街づくりを一生懸命やっています。小倉はヤクザの街という負のイメージを払拭したいと思います。だから、人と人の交流ができるような街づくりのためのイベントをやって行きたい。

中本さんが店を出すという時も、『自己顕示欲が強い人で、広告塔として店を始めるのでは』『商店街が踊らされているのでは』『また、ヤクザ色が復活するのでは』『本当にカタギになっているのか』など、様々な意見がありました。しかし、私をはじめ容認派は、『(地元のヤクザだった人が)カタギになって仕事したいというなら、バックアップするのが、人間として当然じゃないか』という立場で推したのです。

時間はかかるでしょうが、そういう人たち(暴力団)がいなくなるに越したことはない。そのため、民間の商店街のメンバーができることはやってゆく。警察や行政も、離脱者への援助の意識を高めていくことが大切ではないでしょうか。

ですから、ヤクザという住民の更生はもちろんですが、街としての更生も大事です。これは、共に行わなくてはいけないことと思います」

お話をしてくださった方々には、この場を借りて心より御礼を申し上げます。

筆者はこれからも中本さんを応援し、今後を見届けたいと思います。

結びにかえて

注 増加する暴力団離脱者[1]

全国の指定暴力団構成員数が平成28年末時点で約1万８１００人となり、前年末から1割減ったことが、平成29年3月の警察庁のまとめで分かりました。[2] 2万人を割ったの

1　藤原孝・公益財団法人暴力団追放運動推進都民センター代表理事は、東京都の暴追都民センターの実情について、次のように語っている。「センター自体は、職員が18名で、そのうち4名の相談委員が暴力団に関する相談に専従していますが、平成29年1年間の暴力団関係の相談は、３２００件で、1日平均13件と、大変多くなっています。この相談委員の一人が、相談業務の傍ら離脱就労等の社会復帰支援を担当していますが、離脱就労の受け皿となる協力事業者の開拓や就労者のアフターケアにも十分な時間がとれない状態です」

2　この数字は、死亡などの自然減も含まれることに注意されたい。さらにいうと、名簿や名刺を作成しなくなった現在の暴力団組織の実数を把握することは極めて困難であることから、数字の正確さという点では疑問が残る。暴力追放運動推進センターが把握している数が、離脱者数としては信頼できる。

は、統計が残る昭和33年以降初です。当局の発表を見る限り、平成22年から全国の自治体で暴力団排除条例が制定された後、暴力団離脱者数は、年平均600人で推移しています。

暴排条例は法律ではありませんが、全国的に施行されているため法律同様の効果があります。この条例によって、暴力団のシノギが制約され、暴力団では「食えない」時代になっています。

筆者は、平成26年から約1年間、日工組社会安全研究財団の助成金を受け、西日本の暴力団離脱者、元親分等11人を対象に「なぜ離脱したのか」「いかに離脱したのか」を知るために、刑務所以外の場所で聴き取り調査を行いました。

その結果、自由刑（懲役など＝子どもに会えない）を忌避するためや、子どもができたこと、親分の代替わりなどを契機に暴力団を離脱していることが分かりました。加えて、暴力団を離脱する際、組織の制裁などは科されなくなっており、離脱自体は容易であることも確認されました。

暴排条例制定以降、暴力団離脱者が増加した理由は、単純に暴力団では「食えない」「（家族を）食わせられない」ことも一因であると思います。そもそも、平成3年に制定された「暴力団員による不当な行為の防止等に関する法律」により、一般社会と暴力団との間に壁が生じました。この壁をより強固にしたものが暴排条例です。現在の日本において暴力団員であることは、憲法で保障された「健康で文化的な最低限度の生活を営む」権利すら保障されないことを意味します。これでは、妻子持ちの暴力団員が辞めたくなるのもうなずけます。暴力団員である当人以外に、その家族にまで不利益が及ぶため、離脱者が増え、暴力団人口が減少の一途をたどることは当然であるといえます。

●暴力団離脱者が直面する社会的排除と「元暴5年条項」

現在は暴力団大量離脱時代といえますが、離脱者は真っ当な生活を送って（送れて）いません。暴排条例が全国的に施行されてから7年間で、暴力追放運動推進センターが支援した離脱者数は４１７０人です。このうち、当局が把握している就職者数は90人です。さらに、この90人にしても継続的に就業しているかを知り得るデータは存在しません。

まず、離脱者の社会復帰においては、企業社会が孕《はら》む問題が指摘されます。平成28年7月に、北九州市暴力追放推進会議が企業に対して実施したアンケート調査の結果を発表したのですが、約60％の企業から回答がなかったといいます。さらに、回答した企業の8割は、暴力団離脱者を雇用したくないと答えています。このことからも、離脱者雇用に消極的な企業の姿が見て取れます。

加えて、たとえ離脱者が就職できたとしても、懸念される問題があります。それは、職場におけるイジメであり、それが離脱者の社会復帰における障害となる可能性があるのです。

拙著『ヤクザと介護――暴力団離脱者たちの研究』において紹介している介護士の小山氏（仮名）も、介護士職業訓練中に同期生から恫喝されたり、職場で眠剤が紛失した際に疑われる等のイジメに遭っています。

あるいは、平成28年12月27日付の西日本新聞に「元組員　更生へ厳しい現実　職場なじめず『苦しかった』」という見出しの記事が掲載されました。この離脱者は、知人の紹介で電気工事会社に就職しました。しかし、職場の備品が紛失したことで同僚から疑いの目を向けられ、「犯罪者に仕事ができるのか」「このヨゴレが」などの面罵を我慢したものの、最終的には上司を殴って3年半で退社しています。こうした職場でのイジメが、離脱者の社会復帰を阻む事例は、筆者が知るだけでも枚挙にいとまがありません。

次に、暴排条例が離脱者の社会権を制約していることが、離脱者の社会復帰を困難なものにしています。それが「元暴5年条項」です。暴力団を離脱しても、おおむね5年間は暴力団関係者とみなされ、諸契約が制限されます。だからといって、暴力団員歴を隠して、履歴書等に記載しなければ虚偽記載となる可能性があります。現在、企業の体質に照らしても、こうした問題は社会復帰における高いハードルとなっています。ちなみに、本書で紹介した元工藤會の幹部であった中本氏も口座が開設できず、毎日、売上金を現金で持ち帰っていますし、仕入れなどもすべて現金で支払っています。

平成28年、福岡県をはじめとする14都府県（平成30年3月時点では28都府県）で広域連携協定が締結され、離脱者を雇用した企業に助成金を支払うなど、社会復帰を支援する施策が始まりました。さらに、平成30年4月からは、暴力団離脱を希望する組員に避難先の宿泊費や、県外での就職面接を受ける際の交通費などを支給する制度が新設されました。一人当たりの額面は20万円前後です。これらの施策をより実効的なものとするためにも、一般社会の意識改革や元暴5年条項適用条件の検討等[3]を同時並行的に行うべきであると考えます。

最後に、わが国においては、社会復帰という概念自体が曖昧です。当局は、暴力団を離脱して、企業に就業すれば社会復帰したと判断しているようですが、肝心なことは就業が継続しているかという点です。暴力団が社会に受け入れられていた70年代から80年代にかけては、科学警察研究所により、暴力団離脱者の追跡調査に基づく研究が行われていました。しかし、昨今、こうした研究は為されてはいません。ジャーナリズムの分野は別として、研究者としては、筆者が細々と行っている程度です。

社会復帰の成否は、誰が、どのようにして判断するのか――この問題を行政任せにすることに筆者は違和感を覚えます。暴力団離脱者問題が社会で注視されるいまこそ、研究者、民間団体、そして地域社会に暮らす我々一人ひとりが、議論を深めるべきではないでしょうか。

3　元暴5年条項が離脱者の社会復帰を阻む弊害になっていることは、官民で認識され、議論が始まった。平成29年12月14日、東京・弁護士会館で「報道関係者と東京三弁護士会との懇談会」が開催された。当日はパネル・ディスカッション方式で議論が為され、中林喜代司・篤志面接委員（元警視庁暴力団対策課長）、藤原孝・公益財団法人暴力団追放運動推進都民センター代表理事、山田康成弁護士（第二東京弁護士会）をはじめ、筆者と拙著『ヤクザと介護――暴力団離脱者たちの研究』の主人公・小山氏（仮名）が登壇。このような公式の場に、暴力団離脱者の人が参加することは前例がない。さらに、会場での山田弁護士の以下のような発言は、元暴5年条項の緩和措置の可能性に言及しており注目に値する。

「弁護士の特徴を活かした（暴力団離脱者の社会復帰支援における）役割として、

1　組抜けの報復に対する民事上の法的対抗措置

2　離脱した元組員へのアフターケア

3　社会生活上の不利益の除去（口座開設）支援

の3つが考えられる。その範囲は離脱者の相談窓口の設置から社会生活上の不利益の除去支援まで幅広く、継続的に口座開設支援の仕組みを説明していく。対象は、暴追センター（または社会復帰対策協議会）の協力雇用主に就労する離脱者でなおかつ口座開設を希望する者について、暴追センター（同）による就労継続証明、同行支援、モニタリングを行う。離脱者からも誓約書を提出させる。ここまでフォローすれば、偽装離脱者に対し口座開設させるようなことにはならないはずである」

●社会的包摂という「太陽の政策」

既述した通り、現在の日本社会では、暴力団員も離脱者も十把一絡げに暴排条例等でがんじがらめに縛られており、社会権が著しく制約されています。さらにいうと、彼らの家族までもが不利益を被る事態となっているのです。

暴力団員や離脱者の社会権制約に関しては、平成24年に又市征治議員が平田健二参議院議長に対し、「暴力団員による不当な行為の防止等の対策の在り方に関する質問主意書」を提出しました。その中で、又市議員は「『暴力団排除条例』による取締りに加えて、本改正法案が重罰をもって様々な社会生活場面からの暴力団及び暴力団員の事実上の排除を進めることは、かえってこれらの団体や者たちを追い込み、暴力犯罪をエスカレートさせかねないのではないか。暴力団を脱退した者が社会復帰して正常な市民生活を送ることができるよう受け皿を形成するため、相談や雇用対策等、きめ細かな対策を講じるべきと考える」として、離脱者の社会復帰に資する〝社会的受け皿形成の必要性〟に言及しています。

しかし、現時点では、離脱者が社会復帰したくてもそれを許容しない現実があります。[4] そうなれば、彼らには生きるために、違法なシノギを続ける選択肢しか残されていません。筆者は、調査過程において、社会に受け入れられなかった離脱者が、アウトローとして違法なシノギを再び選択する様を実際に目にしてきました。それはたとえば覚せい剤の密売、恐喝、窃盗、強盗、詐欺行為等です。又市議員が指摘した通り、社会的に排除され、追い詰められた離脱者は犯罪をエスカレートさせているのです。

ここで注意すべきは、社会復帰できなかった離脱者が、社会の表裏両方でアウトローとなっていることです。暴力団に在籍していれば組織の掟が存在しました。覚せい剤の密売をシノギとしていても未成年には販売しないなど暴力団内部のルールがありましたが、アウトローに掟という楔は存在しません。どんなことでもシノギにする危険な存在なのです。一例を挙げると、長年、山口組の顧問弁護士を務めた山之内幸夫は、ヤクザの間でやってはいけない悪事とやっても良い悪事がある（掟がある）という点に言及し

4　前述の「報道関係者と東京三弁護士会との懇談会」会場において、藤原孝・公益財団法人暴力団追放運動推進都民センター代表理事は、以下のように述べ、暴力団離脱者への就労支援に社会一般の理解が不可欠であると主張している。

「離脱を決意する際、離脱後の生活において収入が確保できるかどうかが一つの判断の目安にもなります。離脱しても生活費が得られなければ、それを得るために暴力団に逆戻りして、再び社会がその害悪を被ることにもなりかねません。したがって、離脱者就労支援には、離脱者の社会復帰の手助けと同時に、暴力団のいない安心して暮らせる社会の実現という2つの目的があって、これらが表裏一体の関係にありますが、このことが社会一般になかなか理解してもらえないように思います」

ています。「窃盗、強盗などはやってはいけないシノギで、賭博、売春は本業、詐欺はやらない方が良いが、恐喝は比較的やっても良いとされる」(『日本ヤクザ「絶滅の日」――元山口組顧問弁護士が見た極道の実態』山之内幸夫　徳間書店　平成29年)。ちなみに、山之内元弁護士は触れていませんが、覚せい剤のシノギはやって良いか悪いかというと、ヤクザにおいてはグレーゾーンです。アウトローとは、このやってはいけない悪事とやっても良い悪事の境界を持たない、犯罪百貨店――何でもありの犯罪集団なのです。

排除ではなく、社会的包摂こそ、暴力団離脱者問題を好転させると確信します。昭和49年に為された科学警察研究所の調査では、離脱者の約3分の1が社会復帰していることが確認されています。

わが国では、暴排という「北風の政策」が優勢です。しかし、犯罪百貨店であるアウトローを生まない社会実現のためには、地域社会が受け皿となり、暴力団離脱者を包摂する「太陽の政策」をも念頭に置く必要があるのではないでしょうか。「北風と太陽」の協働施策を実現するには、社会復帰の成功事例を積み重ね、社会で共有すべきです。

筆者は、新潮社から本書を上梓させていただいたことにより、暴力団離脱者が地域社会に包摂され、自営業で社会復帰した事例を皆さんに紹介することができました。昨年は、『ヤクザと介護』において、サラリーマンとして社会復帰した成功事例を提示し得ました。余談ながら、後者の主人公は、平成30年3月に、介護福祉士国家試験にストレート合格を果たしています。これらの事例が、今後、暴力団を離脱して社会復帰する人たちの、同時に、それを受け入れる企業や地域社会の人たちの参考になればと願ってやみません。

社会的包摂の主体は、行政に加え、企業や地域社会に生きる我々です。離脱者に限らず、あらゆる更生者を受け入れる健全な体制無くして、真の安心・安全な社会の実現は難しいと考えます。

謝辞

本来であれば、本書に協力して下さった方々のお名前を全て記し、感謝の意を表したいところですが、紙幅の都合上、叶いません。また、お名前を出して欲しくない方も居られると思います。したがって、ここで全ての方のお名前を書けないことをとても残念に思います。

謝意を述べるにあたって、まずはじめに本書の主人公を紹介してくれ、筆者のコメントを番組に収録してくれた、NHKノーナレ「元ヤクザ　うどん店はじめます」のディレクター・島津理人氏の名前を挙げるべきでしょう。氏の行動力と情熱がなければ、筆者と中本氏は出会うことがなく、本書も日の目を見ることはなかったからです。

次に、本書の主人公である中本氏。氏は、うどん店の閉店後、毎週のように聴き取りに付き合ってくれました。さらに、近隣の商店街の人たちにも声をかけてくださり、お陰で本書に「第六章　元ヤクザを受け入れた商店街の人たち」を収録することが実現しました。愉快な思い出ばかりではない過去の話でも、データの質という観点から、度々、同じ質問を繰り返す筆者に寛容に対応してくれたことに心より感謝します。

工藤會という組織について、これまでに紹介されたことの無い小倉の街の人たちの生の声を聴かせて下さった商店街の方々、協力雇用主の方、市議会議員の佐藤しげる氏に、幾重にも御礼を申し上げます。「はい・いいえ・どちらでもない」というアンケート調査では得ることができない、貴重な一次データを本書に記載できたのは皆様のお陰です。

さらに、第一稿から手を加えてくれた新潮社編集部の岡倉千奈美氏には、筆者の語彙では表現出来ないほど感謝しています。もちろん、拙い企画を形にするため、惜しみない尽力と指導を下さった正田幹編集長と後藤裕二部長にも大変お世話になりました。編集部の皆様のお陰で、ヤクザ社会に生きた人たちのリアルな人生を記録することができました。

最後に、これまで、まず表に出ることがなかった、あるいは風化した、工藤會の過去の事件や人事、様々な情報を非公式に教示して下さった「事情通」「消息筋」の方々には、この場をお借りして厚く御礼を申し上げます。

本書内の記述に何らかの誤りがあったとしたら、それはひとえに著者である私の責任にほかならないことを申し添えます。

福岡市中央区六本松にて　筆者

【主要参考文献】

猪野健治『アウトロー論集・3　俠客の条件――吉田磯吉伝』現代書館（1994）
猪野健治『やくざと日本人』ちくま文庫（1999）
岩井弘融『病理集団の構造――親分乾分集団研究』誠信書房（1963）
警察庁組織犯罪対策部暴力団対策課「暴力団員の社会復帰対策に関する警察の取組」『再犯防止推進計画等検討会資料』（2017）
筑豊千人会『筑豊原色図鑑――筑豊を知ることは日本を知ることになる！』有限会社まつもと（1997）
葉月けめこ『北九州の逆襲――北九モンの心意気とドラマティック・シティの真実』言視舎（2017）
廣末登『ヤクザになる理由』新潮新書（2016）
廣末登『ヤクザと介護――暴力団離脱者たちの研究』角川新書（2017）
星野周弘「暴力団員の離脱過程に関する研究――暴力団員の追跡研究（Ⅱ）――」科学警察研究所報告15（1）81－98頁（1974）
星野周弘、原田豊、麦島文夫「暴力団からの離脱者の社会復帰に関する研究」科学警察研究所報告23（1）28－40頁（1982）
又市征治　第180回国会〈常会〉質問主意書第一一六号「暴力団員による不当な行為の防止等の対策の在り方に関する質問主意書」
溝下秀男・宮崎学『任俠事始め』太田出版（2001）
宮崎学『ヤクザと日本――近代の無頼』ちくま新書（2008）
山之内幸夫『日本ヤクザ「絶滅の日」――元山口組顧問弁護士が見た極道の実態』徳間書店（2017）
朝日新聞（東京夕刊）「凶悪暴力団に『特定指定』――改正暴対法案を発表」（2012・1・5）
朝日新聞（東京朝刊）「福岡県警へ応援部隊――警察庁指示　元警部銃撃で数百人」（2012・4・20）
NHK教育テレビ「日本　映像の20世紀――福岡県」（1999・7・31）
産経WESTウェブ版「最も凶悪なヤクザ『工藤会』――メンツをかけて頂上作戦に挑む福岡県警の〝本気〟」（2014・11・4）
毎日新聞ウェブ版「工藤会公判　組幹部に懲役30年　野村被告の指揮認定」（2017・12・15）

東京三弁護士会「報道関係者と東京三弁護士会との懇談会――平成29年民暴マス懇パネル逐語録」二弁平成29年法第1803号

【聴取手続きと聴取対象者の方々】

本書に収録されている中本氏のライフヒストリー、街の人たちの声は、一定の質問事項を念頭に置き、面談を行いながら筆者が精緻にメモを取る方法、すなわち、半構造化面接という手法を採用しました。記憶が曖昧な点などは時間を置いて再度尋ねることで、記憶喚起を促しました。なお、聴取の際には、前回聴取した部分を簡単に質問することで回想内容の信頼性を確認しながら進めています。

街の人たちの声に関しては、半構造化面接ながら、ご商売をされている時間帯であることを考慮し、面談は一回のみの約30分としました。その後、聴取した内容を文章化して郵送。確認後、赤ペンで加筆修正した原稿をご返送いただくという方法を採りました。

なお、聴き取りの場所は、中本氏はご自身のうどん店か近隣の飲食店で、街の人たちへは各自の店舗にて行い、E様のみ京町商店街組合事務所にて行いました。

●中本氏ライフヒストリー聴取日時

平成29年　12月18日　16時～18時30分
平成30年　1月8日　16時～18時40分
　　　　　1月22日　15時30分～18時10分
　　　　　1月28日　15時30分～18時
　　　　　2月12日　15時35分～17時50分
　　　　　2月19日　15時55分～17時45分
　　　　　2月26日　15時45分～17時50分
（疑問点再確認）平成30年　4月3日　15時～15時45分
（ゲラ確認）　　平成30年　4月30日～5月3日

●街の人たちの声聴取日時

平成30年　3月5日　16時10分～16時55分　京町商店街・美容室STORE経営者澤田秀人様

3月5日　17時20分〜17時50分　魚町商店街・スタンドバー経営者B様
3月11日　12時15分〜12時55分　京町商店街・障がい者ショップオーナーC様
3月11日　17時5分〜17時30分　小倉北区・鉄鋼業・協力雇用主D様
3月19日　13時〜13時35分　京町商店街・店主E様
3月19日　16時〜16時20分　京町商店街・店主F様
3月19日　18時45分〜19時15分　北九州市議会議員・佐藤しげる様

＊本書は書き下ろしです。

廣末　登（ひろすえ・のぼる）
1970（昭和45）年福岡市生まれ。北九州市立大学社会システム研究科博士後期課程修了。博士（学術）。専門は犯罪社会学。青少年の健全な社会化をサポートする家族社会や地域社会の整備が中心テーマ。現在、福岡県更生保護就労支援事業所長、大学非常勤講師、日本キャリア開発協会のキャリアカウンセラーなどを務める傍ら、「人々の経験を書き残す者」として執筆活動を続けている。著書に『若者はなぜヤクザになったのか』（ハーベスト社）、『ヤクザになる理由』（新潮新書）、『組長の娘　ヤクザの家に生まれて』（新潮文庫）、『ヤクザと介護――暴力団離脱者たちの研究』（角川新書）、『組長の妻、はじめます。 女ギャング亜弓姐さんの超ワル人生懺悔録』（新潮社）など。

ヤクザの幹部《かんぶ》をやめて、
うどん店《てん》はじめました。
極道歴《ごくどうれき》30年《ねん》中本《なかもと》サンのカタギ修行奮闘記《しゅぎょうふんとうき》

平成三〇年　七 月一五日　発　行
平成三〇年一〇月三〇日　二　刷

著　者　廣末《ひろすえ》　登《のぼる》
発行者　佐藤隆信
発行所　株式会社新潮社
東京都新宿区矢来町七一
郵便番号一六二―八七一一
電話　編集部(〇三)三二六六―五六一一
読者係(〇三)三二六六―五一一一
http://www.shinchosha.co.jp
印刷所／錦明印刷株式会社
製本所／株式会社大進堂
乱丁・落丁本は、ご面倒ですが小社読者係宛お送り下さい。送料小社負担にてお取替えいたします。

ISBN978-4-10-351192-2 C0095
価格はカバーに表示してあります。

組長の妻、はじめます。
女ギャング亜弓姐さんの超ワル人生懺悔録
廣末登
喧嘩上等！　シャブは日常⁉　シノギは高級車窃盗団‼　大阪府警、裏社会で知らぬ者なしのナニワ猛女が晴れて？極妻になるまでのアブナイ半生を涙と笑いで大告白！

「母親に、死んで欲しい」
介護殺人・当事者たちの告白
NHKスペシャル取材班
老々介護、多重介護、介護離職……高齢化ニッポンを象徴するキーワードになった「介護」の末に起きた悲劇の真相とは何だったのか？　当事者自らが語る、衝撃のルポ。

北朝鮮　核の資金源
「国連捜査」秘録
古川勝久
厳しい国際包囲網の中で、なぜ北は核とミサイルを開発できるのか。国連制裁の最前線で捜査にあたった男が、世界中に張り巡らされた非合法ネットワークを炙り出す。

添野義二　極真鎮魂歌
大山倍達外伝
小島一志
〝極真の猛虎〟が死ぬ前にどうしても書き残しておきたかったこと——。師・大山倍達の素顔から、熊殺しウィリーの真実まで、驚愕の回顧録。いま封印は解かれた！

高校生ワーキングプア
「見えない貧困」の真実
NHKスペシャル取材班
日本の子どもの「7人に1人」が貧困状態にある。高額な学費に加え日々の生活費に追われる彼らが、奨学金という「借金」を背負って進学する衝撃の実態をルポする。

一発屋芸人列伝
山田ルイ53世
「消えた」芸人のその後を、自らも髭男爵として〝一発を風靡した〟著者が追跡取材。雑誌ジャーナリズム賞受賞で騒然、不器用で不屈の人間達に捧げるノンフィクション！